Ich sah aus Deutschlands Asche keinen Phönix steigen

Ich sah aus Deutschlands Asche keinen Phönix steigen

Rückkehr und Hoffnung
in poetischen Zeugnissen

Herausgegeben von Bernd Jentzsch

verlegt bei Kindler

Für Nico Hübner

Und was Neues hingebaut

1

Der erste Augenblick des Friedens wie eine Westernszene: Wir sitzen vor dem Volksempfänger und verfolgen die Meldung über die bedingungslose Kapitulation. Ich bin fünf Jahre alt und kann mit der Meldung nichts anfangen. Meine Mutter erklärt mir, daß es keinen Fliegeralarm mehr geben werde und wir beim Ertönen der Sirenen nicht mehr in den Keller zu gehen brauchen. Meine Großmutter verbessert sie wegen der Sirenen. Ich mache vor Freude einen Luftsprung und will hinausstürmen, um draußen Frieden zu spielen. In dem Moment hören wir ein entsetzliches Gebrüll, das wie eine Fanfare anschwillt. Gleich darauf stürzt eine Gestalt ins Haus und schreit in einem fort: »Die Russen kommen! Die Russen kommen!« Von einer blitzartigen Drehung des Körpers getroffen, fliegt die Tür ins Schloß. Der Riegel wird vorgeschoben, dann schlägt der Körper zu Boden. Wir sind, ebenfalls schreiend, in den halbdunklen Flur gelaufen. Jemand schaltet das Licht an. Auf den Fliesen mein Großvater, blutüberströmt, rosa Schaum vorm Mund.

Er war auf dem Weg von der Arbeit nach Hause. Unterwegs hat er beim Drechsler einen neuen Stiel für die Mistgabel abgeholt, Esche. Da steht plötzlich, zwischen blühenden Kirschbäumen, ein versprengter sowjetischer Soldat vor ihm auf der Landstraße. Er ist sternhagelvoll und gestikuliert wild mit den Armen. Mein Großvater entsinnt sich einiger polnischer Brocken, die er im Ersten Weltkrieg gelernt hat, und versucht den Russen zu beruhigen. Als er ihm die Hand auf die Schulter legt, entreißt ihm der Russe den Mistgabelstiel und schlägt damit auf ihn ein. Die Schläge treffen vor allem den Kopf. Mein Großvater verteidigt sich, indem er, immer noch besänftigende Worte hervorstoßend, mit einem Arm den Kopf schützt. Nachdem er dem Russen einen Tritt in den Bauch versetzt hat, flieht er. Der Russe taumelt in den Straßengraben, rappelt sich wieder auf und läuft ihm kra-

keelend noch ein Stück nach. Mein Großvater wird in einer Kalklore ins Kreiskrankenhaus gebracht, der Arm muß amputiert werden. Als er wieder zu Hause ist, besuchen ihn zwei Offiziere. Sie zerren einen Soldaten hinter sich her. Mein Großvater wird von einem der Offiziere, der gut deutsch spricht, gefragt, ob er den Soldaten wiedererkenne. Er bejaht. Der Offizier entschuldigt sich nachdrücklich für den Vorfall, sie verabschieden sich. Vor dem Haus wird der Soldat wie ein Stück Vieh auf die Ladefläche eines Armeelastwagens geschmissen, zum Ufer der nahen Freiberger Mulde gefahren und dort auf der Wiese standrechtlich erschossen. Der Frieden hatte begonnen.
An dieser Geschichte ist nichts erfunden. Im übrigen hätte sie sich auch in der französischen, englischen oder amerikanischen Zone zutragen können. Sie hat sich in der sowjetischen zugetragen, und sie hat einen beschämenden Hintergrund. Der Schnaps stammte von einem deutschen Bauern, zwei Flaschen gegen ein Panjewagenpferd. Eine Flasche hatte der Soldat sofort ausgetrunken, hinter ihm lagen vier Jahre Krieg. Der Name des Bauern soll nicht verschwiegen werden: Er hieß Kothe, Großbauer und Großnazi, der Ortsbauernführer des Dorfes.
Der zweite Tag des Friedens: Der Sohn des Nachbarn, mein um drei Jahre älterer Spielkamerad Jochen Lindner, entdeckt in den Obstplantagen vor dem Dorf einen liegengebliebenen Panzer und in dessen Nähe eine scharfe Handgranate. Seine Eltern fahren ihn in der Abenddämmerung nach Hause: auf dem Handwagen den Rumpf, in einer Schubkarre die Beine. Eine Parole macht die Runde: »Wer jemals wieder ein Gewehr anfaßt, dem soll die Hand abfallen.« Auch der Besitz von Luftgewehren ist strafbar. Wenige Jahre später, in den Sommerferien, lautet die Schlagzeile der regionalen Tageszeitung: »Dienst für Deutschland (DfD) gegründet.« Die Fotos zeigen Sechzehnjährige, Käppis und Khakijacken, Luftgewehre im Anschlag. Eine kasernierte Polizei gibt es schon lange wieder, sie verwandelt sich bald

in eine reguläre Armee. Der Dienst in ihr ist zunächst freiwillig. Als ich sie verlasse, wird die Wehrpflicht eingeführt, »dem Willen der übergroßen Mehrheit unserer Bürger Rechnung tragend.« Etwas hat sich verändert, man spürt es. »Uns stehn die Fragen auf, zahllos wie Kirschbäume an der Straße«, schreibt ein Dichter. »Guten Morgen, Vaterlandsverräter«, begrüßt ihn ein anderer. Eine Broschüre mit dem arithmetischen Titel »100 Fragen – 100 Antworten« schafft Gewißheit. Alles stellt sich als einfach heraus, nur das Vaterland hat sich verdoppelt: zwei Armeen, zwei Wehrsysteme, zwei Wirtschaftssysteme, zwei Ideologien, zwei Lebensweisen, als Krönung in Farbe zwei Fernsehsysteme. Und das Wort Deutschland wird auf der einen Seite als obszön empfunden, es weicht einer Abkürzung, die die nationale Kenntlichkeit schamhaft hinter drei Buchstaben verbirgt; auf der anderen Seite wird darunter lange mehr als gut ist und allmählich nur noch die andere Seite verstanden. Die Hymnen der beiden Halbheiten verklären die Lage vollends: Hier der schöne Wortlaut, der einer immer noch nicht erfüllten historischen Forderung Ausdruck verleiht, inzwischen aber wegen seines demagogischen Gebrauchs auch zwielichtige Erinnerungen wachruft; dort die beflissene Verwandlung des Chores in ein Instrumental, um einen Vers des angesehenen Verfassers endlich zum Schweigen zu bringen, der von demselben Gedanken erfüllt ist wie die Verse seines patriotischen Kollegen aus dem vorigen Jahrhundert: Deutschland, einig Vaterland.«

2

Ein Vaterland indessen wie zwei nebeneinanderliegende Fixierbilder: die Beiträger des dritten Bandes dieser Dokumentation in poetischen Zeugnissen beschreiben die gesellschaftsbedingten Unterschiede, die sich nach dem Zusammenbruch von 1945 in den beiden deutschen Staatsprovinzen östlich und westlich der Elbe herausgebildet haben. Daß den Dichtern aus der DDR dabei die Hauptrolle zufällt, wenn es um die Artikulation neuer gesellschaftlicher Möglichkeiten geht, versteht sich von selbst. Gerade ihre Stimmen sind es, die voller Hoffnung sprechen, während die im anderen Teil Deutschlands geschriebenen politischen Gedichte zunehmend skeptischer werden, staatsverdrossen. An Ereignissen, die diesen Wandel ausgelöst haben, herrscht kein Mangel. Das politische Gedicht in der DDR hingegen hat lange, in mancher Hinsicht allzulange, auf der Position einer nahezu unumschränkten Zuversichtlichkeit ausgeharrt. Das führte schließlich zu substantiellen Einbußen, die Metapher vom »Dorn in dir« stach immer häufiger ins Leere. Sobald es seine Urteilsfähigkeit jedoch an den eigenen Staatssachen erprobte (»Um uns selber müssen wir uns selber kümmern«, hatte Brecht gefordert), unterlag es den Abwehrmechanismen des Staates, die sich inzwischen bis zur Aberkennung der Staatsbürgerschaft gesteigert haben. Die Schäden, die das politische Gedicht dadurch erlitten hat, sind nicht wiedergutzumachen.

Die Konzeption dieser dreibändigen Anthologie hat von Anfang an darin bestanden, die Lyrik der DDR ihrem hohen literarischen Rang entsprechend nach Autoren und Themen in gebührender Weise neben den Beiträgen aus der Bundesrepublik Deutschland, aus Österreich und der Schweiz zu repräsentieren. Um den eventuell in der DDR selbst entstehenden Verdacht auszuräumen, das Projekt könnte sich als Ganzes oder in seinen einzelnen Teilen gegen sie richten, wurde aus der Lyrik der DDR besonders ausgiebig gewählt. Die Dichter der DDR waren eingeladen, an dieser internationalen Diskussion über deutsche Vergangenheit und Gegenwart in breiter Phalanx teilzunehmen, frei von irgendwie gearteten feindseligen oder gar verleumderischen Absichten.

Daß auch die Periode des antifaschistisch-demokratischen Aufbaus in der DDR dennoch nicht in dem Maße wie vorgesehen dokumentiert werden kann, hängt mit den restriktiven Praktiken des Büros für Urheberrechte zusammen, das allein im vorliegenden Band die Aufnahme von zehn Gedichten vereitelt hat. Dem Büro ist offenbar entgangen, obwohl ihm die kompletten Namenslisten für alle drei Bände vorlagen, daß es sich hier um eine repräsentative Auswahl aus der Lyrik der DDR handelt. Es erhob vielmehr die ultimative Forderung, »Wolf Biermann und Reiner Kunze« aus der Anthologie »zu entfernen« und behielt sich außerdem das Recht vor, »die Beiträge« (in dieser Reihenfolge) »von B. J., Helga M. Novak und Christa Reinig auf antisozialistische Tendenzen zu überprüfen«. Als Vormund über tote und lebende Autoren-Mündel hat dieses Büro, nachdem einige Verlage der DDR bereits zustimmend geantwortet hatten, folgenden DDR-Autoren den Wunsch von den Augen abgelesen, mit ihren Gedichten in diesem Band nicht vertreten sein zu wollen: Johannes R. Becher, Am Grenzbaum, Glück der Ferne – leuchtend nah; Uwe Berger, Schwarzfahrer; Louis Fürnberg, Die wunderbaren Fragen; Kuba, Heimat, gescheckt und gestreift; Rudolf Leonhard, Grenze, Städte und Stimmen; Karl Mundstock, Oh fraun auf brandgeschwärztem balkentrumm; Erich Weinert, Genauso hat es damals angefangen!; Paul Wiens, Vermächtnis.

Im ganzen wurden den drei Bänden vom Büro für Urheberrechte einundvierzig Gedichte entzogen, auf die allesamt der programmatische erste Satz der Literaturgeschichte der DDR zutrifft: »Die Verbreitung, Entstehung und Entfaltung der sozialistischen Nationalliteratur in der Deutschen Demokratischen Republik in der Zeit zwischen 1945 und dem Beginn der siebziger Jahre gründet sich auf die revolutionäre Umwälzung vom Kapitalismus zum Sozialismus und den Aufbau der entwickelten sozialistischen Gesellschaft innerhalb jenes Territoriums, auf dem seit 1949 die erste deutsche Arbeiter-und-Bauern-Macht,

die Deutsche Demokratische Republik, existiert und sich erfolgreich entwickelt.«
Die Verluste wiegen schwer. Angesichts um sich greifender neonazistischer Umtriebe in der Bundesrepublik besitzt Erich Weinerts am 15. Dezember 1946 in der von Carl von Ossietzky gegründeten Wochenschrift »Weltbühne« erschienenes Gedicht »Genauso hat es damals angefangen!« vielleicht doch noch einige Aktualität:

> Denn statt das Land von Nazis reinzuwaschen,
> Wäscht man die ganzen Nazis wieder rein!
>
> Das darf sich heut schon wieder frech vermessen
> Und sein Bedauern fassen ins Gebet,
> Daß viel zu wenig im KZ gesessen
> Und daß es nicht noch mal nach Moskau geht.

Neben dem antifaschistischen Appell gehören »Die wunderbaren Fragen«, wie sie in einem Gedicht Louis Fürnbergs gestellt werden, zu den Ereignissen der frühen DDR-Lyrik:

> Wer hatte sie vertrieben,
> die Angst, die die Menschen fraß,
> und wo war die Angst geblieben,
> die ihnen im Nacken saß?
>
> Wer hat die Bauern geheißen:
> Nehmt das Feld und pflügt!
> Und wer hat die Wölfe, die Weißen,
> besiegt?

Die Unschuld des Fragens, das staunende Sichvergewissern über die neuen, alles verändernden Machtverhältnisse, die gleichermaßen selbstverständliche, aber doch auch ein wenig zögernde Inbesitznahme des eben erst Errungenen sind charakteristisch für diese »junge« Poesie, die von einer ansteckenden Heiterkeit, dem »großen Gelächter« der historischen Wende getragen wird. In der Nähe von Fürnbergs folgenreichem »Rätsel«spruch, der eine ganze Lawine von poetischen Antworten initiierte, entfaltet auch ein Zeitbild wie »Heimat, gescheckt und gestreift« des vielgeschmähten Dichters Kurt Barthel seine Beweiskraft, der, um der Verwechslung mit dem vom Arbeiterdichter zum Parteigänger der Nazis konvertierten Max Barthel zu entgehen, unter dem Pseudonym Kuba schrieb:

> Der Apfel wird mürb, und die Kornähre reift,
> da liegt unsre Heimat, gescheckt und gestreift,
> die Jacke, die Hose, das Bettzeug zu Haus,
> die Schürze der Mutter sieht grade so aus.
>
> Die Armen und Narren warn immer bedeckt
> mit Lumpen und Flicken, gestreift und gescheckt.
> Und drohte ein Knecht und erhob seinen Arm –
> gleich hat ihn der Gutsherr mit Hund und Gendarm
> in Ketten geworfen, ins Zuchthaus geschleift,
> den störrischen Rücken gescheckt und gestreift.
>
> Und trugen wir vierhundert Jahr unser Leid
> und trägt unsere Erde ein närrisches Kleid,
> gestreift und gescheckt und gescheckt und gestreift:
> der Apfel wird mürb, und die Kornähre reift.
>
> Und blieben wir vierhundert Jahre lang stumm:
> Herr Junker – die vierhundert Jahre sind um.

Dieses Gedicht spricht sehr einfach. Es schlägt ein bäuerliches Motiv an, das mit drei, vier Wörtern auskommt, und erweitert es sogleich um eine zusätzliche Dimension, indem es, wie nebenhin gesprochen, »unsere Heimat« erwähnt, während die Syntax eilig weiterläuft, so daß sich scheinbar keine symbolische Aufladung des Verses ereignet, obwohl gerade das die Absicht ist. Mit der partizipialen Fügung »gescheckt und gestreift«, die fünfmal wiederkehrt, einmal füllt sie sogar, sich gespiegelt wiederholend und dadurch eine Steigerung erzeugend, den gesamten Vers, bedient sich das Gedicht eines visuellen Effekts. Jeder hat schon einmal, etwa aus fahrenden Zügen, die »graphische« Struktur von Feldern, Wiesen, Wäldern und Flußläufen gesehen. Auf das Vertraute dieses Bildes wird hier gebaut, ein Assoziationsstrom stellt sich ein: »gescheckt und gestreift« sind auch die Dinge, mit denen täglich umgegangen wird, Jacke und Hose, das Bettzeug, die Schürze der Mutter. Beide Räume zusammengenommen, der häusliche und der Landschafts-Raum, ergeben erst die Heimat und nennen damit jenes Schlüsselwort, das in etymologischer Ferne »Acker« und »Welt« miteinander verknüpfte. Aber um welchen Acker in welcher Welt handelt es sich? Nun geht das Gedicht einen historischen Schritt zurück und eröffnet seinen dritten Raum, die Zeit. Es ist die Zeit der Herren und Knechte, der allmächtigen Großgrundbesitzer und geschundenen Kätner, eine Zeit, in der Schläge für Antworten galten: »den störrischen Rücken gescheckt und gestreift.« Das Wortspiel hat jetzt seinen doppelten Sinn erklärt, der Bogen rundet sich; jedoch noch nicht ganz. Der Blickwechsel auf die Vergangenheit, über die, trotz der körperlich schmerzhaften Erfahrungen, vollkommen ruhig gesprochen wird, erweist sich als retardierendes Moment, als eine konzeptionell herbeigeführte Verzögerung, die ihre Entsprechung im Gang der Geschichte hat. Aus ihr, der »gescheckt und gestreift« verlaufenen Vergangenheit, leitet das Gedicht seine Kraft her, es ist die Widerstandskraft der »störrischen Rücken«, die sich endlich aufzurichten beginnen. In dem Gleichnis von den mürbe werdenden Äpfeln und den reifenden Kornähren, mit dem schon die erste Strophe eingeleitet worden war, kündigt sich in der Wiederholung die Erfüllung eines historischen Prozesses an, unabänderlich wie ein Naturgesetz: Die Langmut der Knechte ist vorüber, sie sind nun ihre eigenen Herren auf ihrem eigenen Grund und Boden, und Acker und Welt fallen in der ursprünglichen Bedeutung des Wortes Heimat wieder zusammen. Kein erhobener Zeigefinger, der auf die 1946 in der sowjetischen Besatzungszone durchgeführte Bodenreform verweist, durch die ein seit dem Bauernkrieg unterdrückter Traum Wirklichkeit geworden ist. »Herr Junker – die vierhundert Jahre sind um«, heißt es lapidar. Die Zukunft wird sichtbar, das Gedicht tritt in den vierten Raum. – In den Räumen des Büros für Urheberrechte traf die Botschaft des Dichters Kuba freilich auf taube Ohren.

In poetischen Zeugnissen deutsches Zeitgeschehen zu dokumentieren, ist das Anliegen dieser Anthologie, die unversehens selbst zum Zeitdokument geriet, so daß Christoph Meckels Vers, wenn auch von anderen Einsichten geschwärzt, wie ein Emblem über der doppeldeutschen Gegenwart steht:

> Ich sah aus Deutschlands Asche keinen Phönix steigen.

Küsnacht am Zürichsee, im August 1979 Bernd Jentzsch

Poetische Zeugnisse

FEUERSBRÜNSTE 1

ADOLF ENDLER
Als der Krieg zu End war:

Da war ein Nest blutroten Schwalbenflaums,
da war ein Nest, gebaut aus nackten Knöchlein
der kleinen Schwalben, die in diesem Nest,
gebaut aus ihren Knöchlein, hausen wollten,
sehr warm im Nest aus ihrem Flaum blutrot.

Rolf Haufs

Mein zehntes Jahr

Wir hörten daß wir alle aufgehängt werden sollten
Vater ging in den Wald und kam nur mittags
Einen Teller Suppe hinunterschlingen
Sein Gesicht war mit Erde verschmiert
Mutter wusch täglich das Laken weiß
Es wird uns das Leben retten sagte sie
Aber sicher ist es noch lange nicht
Immer zeigte sie auf das *Buch der Lieder*
Und schwör es sagte sie es hat
Die ganzen Jahre dort gestanden
Und außer einem Knüppel am Bettpfosten
War nie eine Waffe im Haus
Hörst du schrie sie und sagte mein Junge und
Drückte mich gegen den Schreibtisch
In dem die Briefmarkensammlung eingeschlossen war
Aber die Stadt war doch schon ganz kaputt
Und die Straßenbahn fuhr nur noch
Einmal die Stunde
Alle Soldaten mußte ich hergeben und als
Vater den Fahnenträger im Kopfkissen fand brüllte er
Ich brächte sie alle an den Galgen
Mutter stellte das Radio ganz laut zum Glück
War es der richtige Sender mit Zarah Leander
Die sie sich später zur Silbernen Hochzeit
Auf Platte schenkten
Es muß doch eine schöne Zeit gewesen sein.

HELGA M. NOVAK

einer stand und sang

da kam ein Tank
mit Soldaten
die Strasse
langgefahren
einer stand
und sang
und ein Draht
war gespannt
über die Strasse
und zerschnitt
den Krieg
und den Sieg
und das Lied
denn es hing
wie es ging
der Soldat
in dem Draht

GÜNTER KUNERT

Die Gewehrkugel

Hat mich nicht getroffen. Meinen Leib
Verschonte der Feuerbrand. Stürzende
Häuser haben mich verfehlt. Mein Grab
Liegt leer und verschüttet.

Die Häscher
Entzifferten auf den Listen
Meinen Namen nicht. Meine Tür
Trug kein Zeichen. Mein Gesicht, geschmiedet
Zu einem Lächeln:
Eisern.

So ging ich umher, ein Gesandter der Zukunft,
Die ins Heute zu sickern
Beginnt.

Christine Busta

1945

Die Hälfte des Lebens lachten die Pfauen zu Scherben
in den Mittagsgärten Schönbrunns,
wo wir den eklen Kadaver
unserer Schuld aus den Trümmern scharrten
und mit dem Auswurf des Kriegs
die klaffende Erde
zu neuen Wegen beglichen.

Noch stockten vor unserer Schande die heitern Fontänen
und duckten sich tiefer hinab
aus unserm verfluchten Sommer.
Aber die unbegreiflichen Linden
waren voll Honig und Gnade
und zwangen mit Duft uns ins Knie.

Golgatha war im Zoo,
wo an unseren Sünden
hungernd die Tiere vergingen
und vom Brote der kranken Antilope
der fremde Soldat uns barmherzig ein Stück brach
wie vom Leibe des Herrn.

So wurden wir aufgenommen
als Schächer in die Verheißung
und von Scham und Milde gezeichnet,
jäher verwandelt als vom Richtschwert.

2

HEINZ CZECHOWSKI
Niobe

Das Haus hinter Bäumen und Büschen: eine Frau
Füttert drei Katzen, sie sagt:
Ich hatte drei Töchter, der Krieg
Nahm sie mir, sie gingen
Die Wege, die Gras überwuchs, und kamen
Nicht mehr. Mein Mann
Bei der Bahn, über die Stadt
Kamen die Bomber. Sie brachten ihn mir: seine Brust
Eine blutige Schüssel, im Garten
Grub ich sein Grab, die Nachbarin
Half ihn begraben. Jetzt
Bekomme ich Rente, den Rest
Bringen die Hühner, das
Wird mir keiner
Mehr nehmen.

Bernd Jentzsch

Mann zum Jahreswechsel 45/46

Wozu denn zwei Söhne, wofür
Der eine bei Narvik, der andre
Hinter der Wolga, vermißt, und beide,
Wozu denn, verloren, die Wohnung, unser
Bescheidener Laden, wozu denn,
Kurz vorm Ende, eine Sprengbombe
War es, und selbst noch die Frau,
Wozu denn das alles und so unwiderbringlich, für wen
Das nackte Leben retten, das Hemd wechseln,
Das Jahr, wozu denn das Glas erheben
Und auf wen.

Karl Mickel

Deutsche Frau 46

Spaß muß es machen, sonst machts keinen Spaß!
Sagte mein Otto, 's war ein toller Bursche.
Wenn wir im Wald warn, sprach er zu den Bäumen:
Euch hack ich alle klein zu Kinderbetten!
Denn er war Tischler, arbeitslos, Kommune
Und wohnte in der Küche bei den Eltern.
Wenn du'n Bauch kriegst, gehst du!
Sagte die Gnädige, als Otto mich abholte.
Dann Hitler. Otto sagte: der macht Krieg.
Da wars wieder kein Kind, für die Fleischbank
Wollte ich keins, er wollte eine Tochter.
Dann war der Krieg, Otto im Strafbataillon
Gefangen bei den Russen, Antifaschule
Jetzt kommt er heim, bei mir hats aufgehört

WOLFGANG WEYRAUCH
Die Irrtümer

Heut noch geht ein Mann
von zuhaus fort
und sagt zu seiner Frau:
Ich geh einmal weg.
Und die Frau meint,
daß der Mann zu einer andern geht.
Aber der Mann hat einen Sack versteckt,
er holt sich den Sack,
er begibt sich an einen Ort,
welchen er gestern gefunden hat,
das ist eine Strecke der Eisenbahn.
Hier fahren jede Nacht die Kohlenzüge,
sie haben voll geladen,
sie verlieren viel Kohlen.
Viele arme Leute klauben die Kohlen auf.
Jener Mann will auch Kohlen aufheben.
Jetzt geht er die Strecke lang,
jetzt hört er einen Zug,
er legt sich neben die Schienen,
der Zug fährt vorüber,
die Kohlen fallen auf die Geleise,
der Mann hebt sie auf
und steckt sie in seinen Sack.
Dann geht er wieder nach Haus,
wo er seiner Frau zeigen will,
was er mitgebracht hat.
Und die Frau wird weinen,
weil sie ihren Mann in einem Verdacht gehabt hat,
welcher falsch war.
Aber dazu kommt es nicht.
Es kommt vielmehr zum Tod des Manns,
welcher einen zweiten Zug überhört,
da er so glücklich
über den Sack Kohlen war.

Nicolas Born
Der Verschüttete

Der Verschüttete ist heute dreißig
seine Fähigkeiten (er kann lesen
und schreiben)
täuschen über ihn hinweg
seine Auskunft über den Hergang
(»da hab ich geschrien«)
ist nicht schrecklich
er sieht einen dabei an.
1945 war er verschüttet
zwei Tage lang einsam unter der Welt
ein Räumungstrupp des Volkssturms
buddelte ihn aus
seine Mutter schloß ihn in die Arme
als wäre er noch immer ihr Sohn
seitdem stottert er täglich
wenige Wörter der deutschen Sprache
seine Augen sind in großer Unruhe
er ist keine Gefahr für die Öffentlichkeit
aber wenn seine Narbe rot wird
muß man aufpassen
er lebt etwas unter dem Strich
geht er weg muß er sagen wohin
er ist Tischler aber kein guter
manchmal verschenkt er Geld
das er manchmal gestohlen hat
keiner kann ihn haftbar machen
jeder muß ihm alles dreimal sagen
ein paar Leute wissen
was für ihn besser gewesen wäre
er lebt wie gesagt etwas unter dem Strich
und schuld daran ist
so sieht es seine Umgebung
dieser verdammte Krieg

3

Günter Kunert
Über einige Davongekommene

Als der Mensch
Unter den Trümmern
Seines
Bombardierten Hauses
Hervorgezogen wurde,
Schüttelte er sich
Und sagte:
Nie wieder.

Jedenfalls nicht gleich.

Peter Rühmkorf

Mit unsern geretteten Hälsen

Mit unsern geretteten Hälsen,
immer noch nicht gelyncht,
ziehn wir von Babel nach Belsen,
krank und karbolgetüncht.

Fraßen des Daseins Schlempe,
zelebrierten in gleitender Zeit
unter des Hutes Krempe
das Hirn, seine Heiligkeit.

Tätowiert mit des Lebens Lauge,
doch von erstaunlichem Bestand:
Das Weiße in unserem Auge,
das Warme in unserer Hand.

Wir haben gelärmt und gelitten;
wir schrieben Pamphlete mit Tau und Teer –
Worte schöpfen, Worte verschütten
in ewiger Wiederkehr.

Günter Eich
Inventur

Dies ist meine Mütze,
dies ist mein Mantel,
hier mein Rasierzeug
im Beutel aus Leinen.

Konservenbüchse:
Mein Teller, mein Becher,
ich hab in das Weißblech
den Namen geritzt.

Geritzt hier mit diesem
kostbaren Nagel,
den vor begehrlichen
Augen ich berge.

Im Brotbeutel sind
ein Paar wollene Socken
und einiges, was ich
niemand verrate,

so dient es als Kissen
nachts meinem Kopf.
Die Pappe hier liegt
zwischen mir und der Erde.

Die Bleistiftmine
lieb ich am meisten:
Tags schreibt sie mir Verse,
die nachts ich erdacht.

Dies ist mein Notizbuch,
dies meine Zeltbahn,
dies ist mein Handtuch,
dies ist mein Zwirn.

Elke Erb

Nachkrieg

Da ist nichts zu suchen, nichts zu rufen.
Rufen nicht, die da sind, nicht mehr da, getötet.
Tod zuckt in meinen Schultern, die sich krampfhaft
  wegdrehn.
Verdreht, verzerrten Mundes Fratzen grinsend,
Grins ich die Leute an, die mir begegnen.
Die mir begegnen, schütteln ihren Kopf.

WILHELM LEHMANN

Deutsche Zeit 1947

Blechdose rostet, Baumstumpf schreit.
Der Wind greint. Jammert ihn die Zeit?
Spitz das Gesicht, der Magen leer,
Den Krähen selbst kein Abfall mehr.

Verlangt nach Lust der dürre Leib,
Für Brot verkauft sich Mann und Weib.
Ich lache nicht, ich weine nicht,
Zu Ende geht das Weltgedicht.

Da seine Strophe sich verlor,
Die letzte, dem ertaubten Ohr,
Hat sich die Erde aufgemacht,
Aus Winterohnmacht spät erwacht.

Zwar schlug das Beil die Hügel kahl,
Versuch, versuch es noch einmal.
Sie mischt und siebt mit weiser Hand:
In Wangenglut entbrennt der Hang,
Zu Anemone wird der Sand.

Sie eilen, grämlichen Gesichts.
Es blüht vorbei. Es ist ein Nichts.
Mißglückter Zauber? Er gelang.
Ich bin genährt. Ich hör Gesang.

Wolfgang Bächler
Die Erde bebt noch

Die Erde bebt noch von den Stiefeltritten.
Die Wiesen grünen wieder Jahr für Jahr.
Die Qualen bleiben, die wir einst erlitten,
ins Antlitz, in das Wesen eingeschnitten.
In unsren Träumen lebt noch oft, was war.

Das Blut versickerte, das wir vergossen.
Die Narben brennen noch und sind noch rot.
Die Tränen trockneten, die um uns flossen.
In Lust und Fluch und Lächeln eingeschlossen
begleitet uns, vertraut für immer, nun der Tod.

Die Städte bröckeln noch in grauen Nächten.
Der Wind weht Asche in den Blütenstaub
und das Geröchel der Erstickten aus den Schächten.
Doch auf den Märkten stehn die Selbstgerechten
und schreien, schreien ihre Ohren taub.

Die Sonne leuchtet wieder wie in Kindertagen.
Die Schatten fallen tief in uns hinein.
Sie überdunkeln unser helles Fragen.
Und auf den Hügeln, wo die Kreuze ragen,
wächst säfteschwer ein herber neuer Wein.

Bertolt Brecht

An meine Landsleute

Ihr, die ihr überlebtet in gestorbenen Städten
Habt doch nun endlich mit euch selbst Erbarmen!
Zieht nun in neue Kriege nicht, ihr Armen
Als ob die alten nicht gelanget hätten:
Ich bitt euch, habet mit euch selbst Erbarmen!

Ihr Männer, greift zur Kelle, nicht zum Messer!
Ihr säßet unter Dächern schließlich jetzt
Hättet ihr auf das Messer nicht gesetzt
Und unter Dächern sitzt es sich doch besser:
Ich bitt euch, greift zur Kelle, nicht zum Messer!

Ihr Kinder, daß sie euch mit Krieg verschonen
Müßt ihr um Einsicht eure Eltern bitten.
Sagt laut, ihr wollt nicht in Ruinen wohnen
Und nicht das leiden, was sie selber litten:
Ihr Kinder, daß sie euch mit Krieg verschonen!

Ihr Mütter, da es euch anheimgegeben
Den Krieg zu dulden oder nicht zu dulden
Ich bitt euch, lasset eure Kinder leben!
Daß sie euch die Geburt und nicht den Tod dann schulden
Ihr Mütter, lasset eure Kinder leben!

4

BERTOLT BRECHT
Rückkehr

Die Vaterstadt, wie find ich sie doch?
Folgend den Bomberschwärmen
Komm ich nach Haus.
Wo denn liegt sie? Wo die ungeheueren
Gebirge von Rauch stehn.
Das in den Feuern dort
Ist sie.

Die Vaterstadt, wie empfängt sie mich wohl?
Vor mir kommen die Bomber. Tödliche Schwärme
Melden euch meine Rückkehr. Feuersbrünste
Gehen dem Sohn voraus.

Ricarda Huch
Braunschweig

Wie schön sie war, bald wird es niemand mehr wissen,
Braunschweig, die Löwenstadt:
Die Jahre des Unheils kamen, die ihr entrissen
Ihre Krone Blatt um Blatt.
Zerfallen die Straßen, durch die wir täglich gegangen
Zur Schule als Kind,
Mit den Namen, die so alt und wunderlich klangen:
Kattreppeln, Ruhfäutchen, Klint.
Die Häuser waren künstlich gezimmert aus Eichen,
In die Balken geritzt
War manch geheimes, zauberkräftiges Zeichen,
Das vor Feuersnot schützt.
Sie verströmten Waldluft und traute Waldgerüche;
Überm breiten Portal
Las man verschollene Namen und weise Sprüche,
Inmitten die Jahreszahl.
Viel Bilder schmückten ihre Geschosse und Giebel:
Mit Schwert und Gebet,
Die tapferen Helden und die frommen Helden der Liebe,
Apostel und Prophet.
Sie waren ein offenes Buch voll bunter Geschichten,
Voll Fabel und Mär,
Von listigen Frauen, von Narren und drolligen Wichten,
Fuchs, Esel und Bär.
Und herrlich türmten die Kirchen sich hoch über ihnen
Wie Berge überm Tal!
Martini und Petri, Aegidien und Katharinen,
Auch Andreas wie ein Strahl.
Ihr Geläute schwang sich empor wie auf Adlergefieder –
Jetzt langsam und schwer
Tropft es versteinerten Tränen gleich hernieder
Auf ein Trümmermeer. –
Geliebte Heimat, auf unsern harten Wegen,
Da dein Glanz uns schwand,
Sei Erinnerung deiner uns ein Pfand und ein Segen
Aus hoher Ahnenhand.

Marie Luise Kaschnitz

Rückkehr nach Frankfurt

Opernplatz, Rose den Winden,
Stern, der die Straßen entläßt,
Wie Du mir aufblühst im blinden,
Dunkeln Kastaniengeäst.
Wie dann im Näherkommen
All Deine Schönheit zerbricht,
Gealtert und verkommen
Dein Leib und Angesicht.
Säulen und Giebelschräge
Kulissen nur noch zum Schein,
Dahinter der Eulen Gehege,
Der Raben Stelldichein.
Die Töne alle versungen,
Die Goldgewänder verzehrt,
Weiß Gott, wohin entsprungen
Vom Dach das Flügelpferd.
Und drüben der Sockel, inmitten
Von Dornen und Nesseln leer,
Als sei einer fortgeritten,
Man weiß schon nicht mehr wer.
Und doch kann ich nicht beklagen,
Windrose, Dich und Stern,
Da Dir durchs Herz getragen
Ins Ferne und von fern
Der Straßen wildes Gedränge,
Des Tages junges Blut.
Das hat aus sich selbst Gesänge
Und aus sich selber Mut.

*

Keiner kommt und wehrt
Diesem fremden Pferd
Sich in Rosenbeeten
Einen Pfad zu treten,
Bei den Brunnensteinen
Plötzlich zu erscheinen

Und dann isabellen-
Farben und mit hellen
Schweif- und Mähnenhaaren
Durchs Gebüsch zu fahren.
Der das Haus einst inne,
Schön mit Turm und Zinne,
Kann sich nicht beklagen,
Liegt schon längst begraben.
Nur die vor dem Garten
Auf die Bahnen warten
Sehen es manchmal jähe
Ganz in ihrer Nähe
Bei den Gitterstäben
Stolz das Haupt erheben,
Greifen mit den Händen,
Weichen vor dem fremden,
Vor dem Urweltblick
Scheu zurück –

*

Gefahr ist der Fluß geworden,
Seine Wasser führen den Rest
Von Sengen und Brennen und Morden,
Krieg und Leichenpest,
Giftige Keime in Schwaden,
Absud von Jammer und Not,
Darf niemand schwimmen und baden,
Er tränke sich den Tod.

Leer ist der Fluß geworden
Nach den Tagen des Zorns,
Still von den schrillen Akkorden
Der Pfeifen und des Horns.
Stromüber fallend und steigend
Umzuckt ihn der Möwen Schrei,
Riesig zieht er und schweigend
Zu meinen Füßen vorbei.

Heiterer schien er mir immer
In der anderen Zeit,
Als er den Lichtschein der Zimmer
Trug wie ein flackerndes Kleid
Und hinschoß unter den Brücken
Und sie rauschend verließ,
Als die Lampen noch glühten
Bei den südlichen Blüten
An der Mauer, die Nizza hieß.

Doch die Wasser kommen von weit her,
Von Tannen und duftendem Heu,
Und durch alles Geschehene seither
Gehen sie schrecklich neu
Und müssen erst alles erfahren
Und sinken lassen zum Grund,
Auch das Haupt mit den Schlangenhaaren
Und dem schreienden Mund.

Und tragen noch lange schwer hin
Der Ufer vergängliches Los,
Und singen es dann in den Meerwind
Und betten es in den Schoß.

*

Sahest Du's: als ich den Blick fand,
Wie er zu blühen begann?
Hörtest Du's: als mir der Mund sprach,
Wie die Trauer zerrann?

Wir haben so lange geweint.
Laß das Licht uns borgen
Von dem Stern, der morgen
Uns erscheint.

PETER HUCHEL
Heimkehr

Unter der schwindenden Sichel des Mondes
kehrte ich heim und sah das Dorf
im wäßrigen Dunst der Gräben und Wiesen.

Soll ich wie Schatten zerrissener Mauern
hausen im Schutt, das Tote betrauern,
soll ich die schwarze Schote enthülsen,
die am Zaun der Sommer vergaß,
sammeln den Hafer rissig und falb,
den ein eisiger Regen zerfraß?
Fauliger Halm auf fauligem Felde –
niemand brachte die Ernte ein.
Nessel wuchert, Schierling und Melde,
Hungerblume umklammert den Stein.

Aber am Morgen,
es dämmerte kalt,
als noch der Reif
die Quelle des Lichts überfror,
kam eine Frau aus wendischem Wald.
Suchend das Vieh, das dürre,
das sich im Dickicht verlor,
ging sie den rissigen Pfad.
Sah sie schon Schwalbe und Saat?
Hämmernd schlug sie den Rost vom Pflug.

Da war es die Mutter der Frühe,
unter dem alten Himmel
die Mutter der Völker.
Sie ging durch Nebel und Wind.
Pflügend den steinigen Acker,
trieb sie das schwarzgefleckte
sichelhörnige Rind.

ROSE NYLAND
Mut 1945

Es war eine Nachkriegsstraße,
Ruinen links und rechts,
mit stillen, blassen Kindern
und schwarzer Vögel Gekrächz.

Das Leben zog mit Stöhnen
an einem Leiterwagen,
drauf ein paar trockne Äste
zum Feuermachen lagen.

Und von den Mauern logen
mit windschiefem Gekreisch
noch Schilder, ach, sie logen,
es gäb hier Brot und Fleisch.

Es war eine Nachkriegsstraße.
In einem Kellerraum
wohnte ein Mann, der trug
im Herzen einen Traum.

Und um des Traumes willen
klopfte er Ziegel glatt.
Damit man dann zum Bauen
genügend Steine hat.

Es war ein andrer Mann,
der wohnte ihm gegenüber.
Man hörte ihn selten klagen,
er arbeitete lieber.

Wer's ist, der in der Nachkriegsstraße
den Mut zu träumen hat?
Der eine war ein Kommunist.
Der andre Sozialdemokrat.

Heiner Müller
Das Loch im Strumpf (1948)

Im Sommer im Jahr achtundvierzig fand
In einer Stadt in Mitteldeutschland
Ein Streit statt. Um drei Löcher in einem Strumpf
Stritten ein Mann, eine Frau und was die Frau sagte,
  war Trumpf.
Platz: eine Strumpffabrik, vor wenig Wochen
Von Arbeitern Arbeitern zugesprochen
Die Tünche auf der Wand war frisch
In der Kantine. Um den kahlen Tisch
Sie saßen vor ihren Schüsseln, Männer und Fraun
Da war viel auszulöffeln, wenig zu kaun.
Sagte der Mann: Gegen Wasser mit Lauch
Streikte man früher. Fragte die Frau: Gegen Hitler auch?
Sagte der Mann: Es ist nicht nur das Essen.
Die Textilien nicht zu vergessen.
Und er zog den Schuh aus, dann den Strumpf
Schwang den, drei Löcher, als seinen Trumpf
Gestern gekauft, ein Fetzen heute
Da möcht ich wissen, warum ich arbeite.
Man hörts, man kratzt schweigend die Schüsseln leer
Die Frau, was kann sie sagen. Sie sagt: Zeig her.
Drei Löcher. – Ja, dem stopfst du nicht das Maul
Mit Maulaufreißen. Da ist etwas faul
In der Wirtschaft. – Ja, sagt die Frau, erraten.
Nur, Kollege, es hängt nicht am Faden.
Wirkfehler. – Und hält ihm den Strumpf
Unter die Nase, den dreilöchrigen Trumpf.
Ihr habts gehört. Wie stehts mit euren Strümpfen?
Ihr bessert nichts mit einem Naserümpfen.

GÜNTER GRASS
Die große Trümmerfrau spricht

Gnade Gnade.
Die große Trümmerfrau
hat einen Plan entworfen,
dem jeder Stein unterliegen wird.
Der große Ziegelbrenner will mitmachen.

Die Stadt die Stadt.
Hingestreut liegt Berlin,
lehnt sich mit Brandmauern gegen Winde,
die aus Ost Süd West, aus dem Norden kommen
und die Stadt befreien wollen.

Hier drüben hier
und drüben hängen die Herzen
an einem einzigen Bindfaden,
hüpfen und werden gehüpft, wenn Trümmerfrau
und Ziegelbrenner ihre Liebe zu Faden schlagen.

Liebe Liebe
spielten einst Trümmerfrauen,
rieben mit Schenkeln
Klinker und Ziegel
zu Splitt Mehl Staub Liebe.

Wo wo wo wo
sind die alten Galane geblieben,
wo wilhelminischer Mörtel?
Jahrgänge Jahrgänge –
doch Trümmerfrauen sind keine Weinkenner.

Flaute Flaute
schreien die Trümmerfrauen
und lassen den letzten
wundertätigen Ziegelstein
zwischen den Zähnen knirschen.

Splitt Splitt Splitt Splitt.
Nur noch wenn Zwiebeln
oder ein kleineres Leid
uns mit Tränen versorgen,
tritt Ziegelsplitt aufs Augenlid.

Sonderbar sonderbar
sehen dann Neubauten aus,
zittern ein wenig, erwarten
den klassisch zu nennenden Schlag
mit der Handkante in die Kniekehle.

Sie sie sie sie
gräbt den Sand unterm Pfeiler weg.
Sie sag ich sie
spuckt in die trächtigen
Betonmischmaschinen.

Sie sie sie sie
hat das große Gelächter erfunden.
Wenn immer die große Trümmerfrau lacht,
klemmen Fahrstühle, springen Heizkörper,
weinen die kleinen verwöhnten Baumeister.

Mir gab sie mir,
ihrem ängstlich beflissenen Ziegelersatz,
gab sie den Auftrag,
Wind zu machen, Staub zu machen
und ernsthaft für ihr Gelächter zu werben.

Ich ich ich ich
stand abseits,
hatte die Brandmauer im Auge,
und die Brandmauer
hatte mich im Auge.

Ging ging ging ging
von weit her
auf die Brandmauer los,
als wollte ich
die Brandmauer durchschreiten.

Nahm nahm nahm nahm
einen Anlauf,
der viel versprach;
jene Brandmauer aber war neunzehn Meter breit
und zweiundzwanzig Meter hoch.

Schlug schlug schlug schlug
an der Mauer
mein Wasser ab,
daß es rauschte
und hörte dem zu.

Werbung Werbung
rauschte die Brandmauer.
Niemand will mich als Werbefläche
mieten, haushoch beschriften
und werben lassen.

Ich ich ich ich
will allen Brandmauern,
die nordwärts schauen,
riesengroß Trümmerfrauen
malen oder auch einbrennen.

Trümmerfrau Trümmerfrau
sollen die Kinder singen –
hat mit dem Ziegelbrenner Ziegelbrenner
einen ganz neuen Plan gemacht.
Alle Steine wissen Bescheid.

Ziegelbrenner Ziegelbrenner
sollen die Kinder singen –
geht nachts mit der Trümmerfrau Trümmerfrau
durch die Stadt
und schätzt die Stadt ab.

Trümmerfrau Trümmerfrau
singen die Kinder –
will mit dem Ziegelbrenner Ziegelbrenner
heut eine Wette machen Wette machen –
es geht um viel Schutt.

Lamento Lamento –
die große Trümmerfrau singt ihr Lamento.
Doch alle Sender, drüben und hier,
senden von früh bis spät nur jenen alten
beschissenen Walzerkönig.

Tot sie ist tot
sagen die Baumeister,
verschweigen aber, daß eine unabwendbare Hand
Mittag für Mittag löffelweis toten Mörtel
in ihre Suppen mengt.

Amen Amen.
Hingestreut liegt Berlin.
Staub fliegt auf,
dann wieder Flaute.
Die große Trümmerfrau wird heiliggesprochen.

BERTOLT BRECHT

Aufbaulied

1

Keiner plagt sich gerne, doch wir wissen:
Grau ist's immer, wenn ein Morgen naht
Und trotz Hunger, Kält und Finsternissen
Stehn zum Handanlegen wir parat.
  Fort mit den Trümmern
  Und was Neues hingebaut!
  Um uns selber müssen wir uns selber kümmern
  Und heraus gegen uns, wer sich traut!

2

Jeder sitzt mal gerne unterm Dache
Drum ist aufbaun gar kein schlechter Rat.
Aber es muß sein in eigner Sache
Und so baun wir erst 'nen neuen Staat.
  Fort mit den Trümmern
  Und was Neues hingebaut!
  Um uns selber müssen wir uns selber kümmern
  Und heraus gegen uns, wer sich traut!

3

Und das Schieberpack, das uns verblieben
Das nach Freiheit jammert früh und spat
Und die Herren, die die Schieber schieben
Schieben wir per Schub aus unserm Staat.
  Fort mit den Trümmern
  Und was Neues hingebaut!
  Um uns selber müssen wir uns selber kümmern
  Und heraus gegen uns, wer sich traut!

4
Denn das Haus ist hin, doch nicht die Wanzen
Junker, Unternehmer, Potentat.
Schaufeln her, Mensch, schaufeln wir den ganzen
Klumpatsch heiter jetzt aus unserm Staat.
  Fort mit den Trümmern
  Und was Neues hingebaut!
  Um uns selber müssen wir uns selber kümmern
  Und heraus gegen uns, wer sich traut!

5
Besser als gerührt sein, ist: sich rühren
Denn kein Führer führt aus *dem* Salat!
Selber werden wir uns endlich führen:
Weg der alte, her der neue Staat!
  Fort mit den Trümmern
  Und was Neues hingebaut!
  Um uns selber müssen wir uns selber kümmern
  Und heraus gegen uns, wer sich traut!

Volker von Törne

Unter freiem Himmel

1

Der Kumpel holt die Kohlen.
Der Steinbrech bricht den Stein.
Der Schuster macht die Sohlen.
Der Doktor lernt Latein.
Der Bauer pflügt den Acker:
Ihm gehört das Land,
nicht mehr dem Leuteplacker,
der sich nicht wiederfand.

2

Der Schlosser dreht die Schrauben.
Der Tischler leimt den Tisch.
Der Winzer pflückt die Trauben.
Der Fischer fängt den Fisch.
Der Bäcker bäckt die Brötchen.
Der Maurer baut ein Haus.
Und jeder hat ein Mädchen
und ruht sich bei ihm aus.

3

Der General geht betteln.
Der Boss ist arbeitslos.
Kein Krieg mehr anzuzetteln:
das ist ein bittres Los.
Die Kinder spieln am Tage
und schlafen in der Nacht,
daß keiner sie erschlage
wies heut der Yankee macht.

4

Der Schuster schreibt Gedichte.
Der Maurer malt ein Bild.
Der Kumpel macht Geschichte:
das ist ja halb so wild!
Die großen Herren schreien:
Wo bleibt da der Profit?
Wenn wir uns selbst befreien,
beginnt ein neues Lied:
Hauruck!

Stephan Hermlin

Ballade von der Dame Hoffnung

Herrin des strengen Traumes, der Schafotte
Erhabene Gefährtin, Testament
Der Habenichtse, letztes Lied der Rotte,
Oberstes Scheit, das auf dem Holzstoß brennt,
Name, den jeder tote Mund noch nennt:
Im Qualm der Frühe stehst du an den Türen,
Dort, wo unwärmbar unsre Herzen frieren,
Licht der Beschatteten, aufs Rad gespannt,
Magische Finger, die die Spindel rühren:
Von den Bedrängten Hoffnung bist genannt.

Süßes Phantom im schwarzen Schlangenhag,
Geblendete an nassen Straßenecken,
Wohltätige Ohnmacht nach dem zwölften Schlag,
Feld, das die Schloßen meiner Schmerzen decken,
Schweißtuch der Kreuzgeweihten, Tränenbecken –
Ich bin versehrt und klag dir meine Not:
Gläsern Gespinst, meerblau und abendrot.
Der letzte Halm knistert im Dünensand.
Von jenen, die vertraut nur mit dem Tod,
Von den Bedrängten Hoffnung bist genannt.

Krug für die Dürstenden, erhabne Nahrung,
Schlüssel, der fugenlose Wände sprengt,
Hohes Gemisch aus Ahnung und Erfahrung,
Wahrheit gepfählt, gespießt, gewürgt, gehängt,
Mein Wappen, in dem Lieb und Haß verschränkt,
Bettlerin sehr verachtet an den Toren,
Östliches Licht schräg auf dem Plan der Horen,
Verwehter Hahnenschrei im Dämmerland,
Stets wiederauferstanden, stets verloren:
Von den Bedrängten Hoffnung bist genannt.

Zueignung

Fürstin der Welt, die unsern Dienst erkoren,
Wüstenversengt, im grünen Eis gefroren,
Gewisse Gegenwart hinter der Wand,
Verbotner Brunnen du, nach dem wir bohren:
Von den Bedrängten Hoffnung bist genannt.

HIROSHIMA NAGASAKI

HANSJÖRG SCHMITTHENNER
Hiroshima Nagasaki

Meerstern ich dich grüße – o Maria hilf
Hiroshima ist zertrümmert,
Nagasaki nichts als Asche,
Mark und Milz verwüstet
wie die beiden Städte

Gottesmutter süße – o Maria hilf
aus dem Himmel fuhr Atomblitz,
schmolz die Augen, sprengte Schädel,
Herzen platzten
und die Adern brachen

Rose ohne Dornen – o Maria hilf
aus dem Himmel fuhr Atomfaust,
Leichen türmten sich zu Bergen
und wer nicht gemordet
wurde siech

Du von Gott Erkorne – o Maria hilf
Wer nicht tot war, brach sein Blut.
Frauen suchten ihre Brüste,
Männer ihr Geschlecht,
im Mund die Lunge

Lilie ohnegleichen – o Maria hilf
Wer noch lebte, blieb zum Sterben,
wälzte jahrlang sich zum Grabe,
zeugte Kinder
ohne Hirn und Samen

Der die Engel weichen – o Maria hilf
Tote können nichts mehr sagen,
aber unterm Mikroskop Gewebe,
die erzählen,
wie zum Tod sie kamen

Hoch auf deinem Throne – o Maria hilf
Hab Erbarmen mit uns Armen,
mit den Kindern unsrer Kinder,
die wir schon im Mutterschoß
vergiften

Aller Jungfrau Krone – o Maria hilf
Hör die Parlamente lärmen,
nichts als Zungen, leere Worte,
nacktes Faustrecht gilt
und Eigensucht

Dich als Mutter zeige – o Maria hilf
Generale planen Kriege
Hekatomben Toter füllen
die Bilanzen ihrer
künftgen Schlachten

Gib ein reines Leben – o Maria hilf
Rette uns vor unsrer Angst,
Lös uns von der sündgen Trägheit,
wandle Furcht und Macht
zu neuem Recht

Hilf uns Christum flehen – o Maria hilf
Laß uns wollen, was wir müssen,
daß als Menschen wir noch länger
vor uns selbst und auch
vor dir bestehen

Gnädig uns zuneige – o Maria hilf
Auge starrt entsetzt in Auge:
offen stehn der Hölle Pforten –
und wer schlägt die Tore
wieder zu?

O Maria, hilf uns allen
aus unsrer tiefen Not

Armin Müller

Ich habe den Thunfisch gegessen

Zeitungen berichten davon, daß mehrere japanische Fischer, die nach einem Atombombentest der USA im Pazifik Thunfische gefangen und zu sich genommen haben, an langsam tötenden radioaktiven Verseuchungen erkrankt sind.

Legt,
was in den Händen ihr haltet,
das Blatt, den Lippenstift,
das Brot vor euch nieder,
laßt den Krug unberührt,
stellt den Motor ab,
grabt nicht tiefer jetzt,
hört, was ein Fischer
euch sagt.

Mein Wort ist nicht böse,
es hat keine metallenen Flügel.
Es soll zu euch kommen
wie ein weißer Vogel.
In die Kissen soll es sich senken,
eine Handbreit zwischen die Liebenden,
in die Nester der Schlaflosigkeit.
Das Raunen soll es übertönen
und die Gebete,
das Ticken der Uhr
und den Wind.

Ich habe den Thunfisch gegessen.

Schwarz
ist die Sonne geworden,
wimperlos wie das Auge der Nacht.
Ertrunken sind die Segel
und die Muschelstirnen der Inseln.
Schwimmend, im sickernden Regen,
gleiten Konturen von Hütten dahin.
Das dunkle Tuch,
auf mein Gesicht gefallen
wie ein böser Traum,
riecht nach den Leibern toter Fische,
nach Teer und nach Sand.
Nur die Erinnerung brennt,
die riesige, berstende Wolke,
flammend wie zweihundert Blitze.

Ich habe den Thunfisch gegessen,
darum darf ich nicht zu dir kommen,
meine Taube.
Die knisternde Nähe deines Haars,
das die Schultern mir peitschte
in den blauen Nächten,
ist wie das Summen entglittener
Stunden. Der Kelch deiner Schenkel
öffnet sich, doch ich darf
nicht zu dir kommen.
Ich trüge dir die Nacht in den Schoß,
meine Taube. Schwarze Früchte
müßten von deinem Herz fallen,
nein, ich darf nicht zu dir kommen.

Ich habe den Thunfisch gegessen.

Nach Salz schmeckt dein Haar
und nach Tränen, Gurrende.
Verzeih mir,
daß ich über deine Schulter spreche,
hinaus in den Sand, in das
schaukelnde Meer.
Doch ich habe Angst um die Liebenden.
Sie sollen mich hören.

Ich habe den Thunfisch gegessen.

Das Meer hat ihn ausgespien,
doch das Meer ist unschuldig.
Niemand darf es beschimpfen.
Blau wie ein Traum kann es sein
und schwarz wie der Zorn.
Die silbernen Haie der Lüfte
verwunden es. Es wehrt sich.

Ich habe den Thunfisch gegessen.

Haltet die silbernen Haie zurück,
sonst werden Augen verlöschen
wie Kerzen im Wind,
Bäume zerbrechen wie Gräser
und Küsten ins Meer stürzen.

Haltet die silbernen Haie zurück.
So haltet sie doch zurück.

Nehmt,
was in den Händen ihr hieltet,
das Blatt, den Lippenstift,
das Brot wieder an euch.
Aber haltet die silbernen Haie zurück.
Hebt den Krug.
Aber haltet die silbernen Haie zurück.
Stellt den Motor an.
Aber haltet die silbernen Haie zurück.
Grabt tiefer jetzt.
So haltet sie doch zurück!

1957

Marie Luise Kaschnitz

Hiroshima

Der den Tod auf Hiroshima warf
Ging ins Kloster, läutet dort die Glocken.
Der den Tod auf Hiroshima warf
Sprang vom Stuhl in die Schlinge, erwürgte sich.
Der den Tod auf Hiroshima warf
Fiel in Wahnsinn, wehrt Gespenster ab
Hunderttausend, die ihn angehen nächtlich
Auferstandene aus Staub für ihn.

Nichts von alledem ist wahr.
Erst vor kurzem sah ich ihn
Im Garten seines Hauses vor der Stadt.
Die Hecken waren noch jung und die Rosenbüsche
zierlich.
Das wächst nicht so schnell, daß sich einer
verbergen könnte
Im Walde des Vergessens. Gut zu sehen war
Das nackte Vorstadthaus, die junge Frau
Die neben ihm stand im Blumenkleid
Das kleine Mädchen an ihrer Hand
Der Knabe der auf seinem Rücken saß
Und über seinem Kopf die Peitsche schwang.
Sehr gut erkennbar war er selbst
Vierbeinig auf dem Grasplatz, das Gesicht
Verzerrt von Lachen, weil der Photograph
Hinter der Hecke stand, das Auge der Welt.

Stephan Hermlin
Die Vögel und der Test

Zeitungen melden, daß unter dem Einfluß der Wasserstoffbombenversuche die Zugvögel über der Südsee ihre herkömmlichen Routen ändern.

Von den Savannen übers Tropenmeer
Trieb sie des Leibes Notdurft mit den Winden,
Wie taub und blind, von weit- und altersher,
Um Nahrung und um ein Geäst zu finden.

Nicht Donner hielt sie auf, Taifun nicht, auch
Kein Netz, wenn sie was rief zu großen Flügen,
Strebend nach gleichem Ziel, ein schreiender Rauch,
Auf gleicher Bahn und stets in gleichen Zügen.

Die nicht vor Wasser zagten noch Gewittern
Sahn eines Tags im hohen Mittagslicht
Ein höhres Licht. Das schreckliche Gesicht

Zwang sie von nun an ihren Flug zu ändern.
Da suchten sie nach neuen sanfteren Ländern.
Laßt diese Änderung euer Herz erschüttern...

1957

VORWÄRTSSTRATEGIE 1

GÜNTER KUNERT
Ich bringe eine Botschaft

1

Ich bringe eine Botschaft,
Und die heißt: Keine Sicherheit. Der auf Frieden
Hofft wie auf das Stillestehen der Zeit,
Ist ein Narr. Wohl: Die Waffen ruhen
Ein wenig, und die Toten der letzten Schlachten
Ruhen ein wenig, doch
Die Lebenden ruhen nicht.

2

Der im stahltapezierten Felsenzimmer
Die Raketen richtet
Auf die Brust seines Kameraden drüben, auf
Dessen Mutter und Stadt und Feld und Land, muß
Wissen, daß
Auf der anderen Seite die gleichen Ziele
Anvisiert werden: Sicherheit
Findet sich im Nirgendwo. Nicht getroffen
Von dem alles verheerenden Schuß
Werden einzig die Generationen, die vorher
Ins Nichts sich begaben.

3

Mit bleichen Gesichtern
Durchblättern am frühen Morgen die Städter
In den rollenden Zügen die Zeitungen hastig:
Wie steht der Kampf
In den brennenden Dschungeln von Laos,
Auf der anderen Seite des Erdballs?

Mühselig buchstabierend lesen sie die Namen
Äußerst fremder Orte und Generäle, die
Sie gleichgültig ließen, ahnten sie nicht:
Ihnen
Erwächst Gefahr.

4
Durch die noch stillen Wälder ziehen sich
Panzergräben
Auf den Landkarten erst, doch wer durch die Wälder
Geht, spüret
Schon einen Hauch.

5
Tödlichem Gas gleich
Wallt über uns die Gewohnheit: wem es nichts
Ausmacht,
Mit einem Bein im Grabe zu stehen, wird bald
Mit beiden drin liegen.

6
Auf einem Vulkan läßt sich leben, besagt
Eine Inschrift im zerstörten Pompeji.

7
Und die Bürger der vom Meere geschluckten
Ortschaft Vineta
Bauten für ihr Geld Kirchen, deren Glocken
Noch heute mancher zu hören vermeint, statt
Einen schützenden Deich.

8

Der ich, ähnlich vielen, wenig
Neigung verspüre
Mein Dasein fortzuführen
Als unterseeisches Geläute, als mehr oder
Weniger klassische Inschrift,
Bringe nur eine kurze Botschaft: Keine Sicherheit
Heißt sie.

9

Solange die Zerstörung einträglicher ist
Denn Aufbauen, und
Solange
Nicht abgeschafft sind,
Derer die Einträglichkeit ist, solange
Wird vielleicht hin und wieder sein: Ein wenig
Ruhe. Sicherheit
Keine.

Hans Magnus Enzensberger
Sozialpartner in der Rüstungsindustrie

Ein Anblick zum Zähneknirschen sind
die fetten Eber auf den Terrassen
teurer Hotels, auf den Golfplätzen
sich erholend von Mast und Diebstahl,
die Lieblinge Gottes.
Schwerer
bist du zu ertragen, niemand
im windigen Trenchcoat, Bohrer,
Kleinbürger, Büttel, Assessor, Stift,
trister dein gelbes Gesicht:

Verdorben, jeder Nasführung aus-
geliefert, ein Hut voll mutlosen Winds,
eigener Handschellen Schmied,
Geburtshelfer eigenen Tods,
Konditor des Gifts, das dir selbst
wird gelegt werden.
Freilich
versprechen dir viele, abzuschaffen
den Mord. Gegen ihn zu Feld zu ziehn
fordern dich auf die Mörder.
Nicht die Untat wird die Partie
verlieren: du: sie wechselt nur
die Farben im Schminktopf:
das Blut der Opfer bleibt schwarz.

2

F.C. Delius
Nach dem Manöver

Mein Freund schreibt aus Koblenz:
  Mein Freund schreibt aus Erfurt:
Wir schießen nicht gern,
  wir schießen,
aber wir schießen.
  Aber wir schießen nicht gern.

Von beiden Seiten getroffen,
frag ich, euer Pappkamerad:
Wem ergebe ich mich?

Wolf Biermann

Soldat Soldat

1

Soldat Soldat in grauer Norm
Soldat Soldat in Uniform
Soldat Soldat, ihr seid so viel
Soldat Soldat, das ist kein Spiel
Soldat Soldat, ich finde nicht
Soldat Soldat, dein Angesicht
Soldaten sehn sich alle gleich
Lebendig und als Leich

2

Soldat Soldat, wo geht das hin
Soldat Soldat, wo ist der Sinn
Soldat Soldat, im nächsten Krieg
Soldat Soldat, gibt es kein Sieg
Soldat Soldat, die Welt ist jung
Soldat Soldat, so jung wie du
Die Welt hat einen tiefen Sprung
Soldat, am Rand stehst *du*

3

Soldat Soldat in grauer Norm
Soldat Soldat in Uniform
Soldat Soldat, ihr seid so viel
Soldat Soldat, das ist kein Spiel
Soldat Soldat, ich finde nicht
Soldat Soldat, dein Angesicht
Soldaten sehn sich alle gleich
Lebendig und als Leich

Soldaten sehn sich alle gleich
– lebendig und als Leich

Ernst Jandl
vater komm erzähl vom krieg

vater komm erzähl vom krieg
vater komm erzähl wiest eingrückt bist
vater komm erzähl wiest gschossen hast
vater komm erzähl wiest verwundt wordn bist
vater komm erzähl wiest gfallen bist
vater komm erzähl vom krieg

GÜNTER BRUNO FUCHS

Ein neues Gesetz

räume den Generalen das Recht ein, lebenslänglich ihre Toten zu behalten und zu betreuen

1

Der General nimmt den Abschied, das neue Gesetz
macht ihm zu schaffen: er wohnt
bei den Toten, jeden begräbt er, jeden
Hügel formt er mit Schaufel und Spaten, jede
Blume pflanzt er, in jeden Grabstein schlägt er den
Namen –
gebückt jeden Tag
früh, mittags, spät
arbeitet er zwischen den Gräbern, gebückt
arbeitet er, niemand bringt
Wasser heran, niemand
harkt diese Wege, er geht sie allein, schmal, das Unkraut
führt ihn die Wege entlang, er sagt: Das Unkraut
schießt auf mich zu, es wird von den Toten gesät. Das neue
Gesetz macht ihm zu schaffen.

2

Der General wohnt bei den Toten, er hat Anspruch auf sie.
Nicht einer, den er nicht kennt, der
ihn nicht weckt
jeden Tag
früh, wenn er schläft, Gesicht zur Erde, flach
zwischen den Gräbern, Befehle
träumt, Erdreich
unter der Zunge, nicht einer, der
ihn nicht hört, keiner verläßt ihn, also
bis in den Tod bleiben sie treu, das macht ihm zu schaffen.

3
Der General hat für seine Toten zu sorgen, er hat sie
 geführt, er hat gehalten,
 was er versprach, es blieb
für jeden erfolgreich. Ein jeder gönnt ihm
 das neue Gesetz: Die Toten
gehören ihm ganz, seht, er schleppt
 Wasser heran, er gießt ihre Hügel, gebückt
arbeitet er zwischen den Gräbern, er hat Anspruch darauf.

4
Der General ist ein Wohltäter hier. Aufrichtig, in besten
 Jahren ein Mann, ruft er
 nach künftigen Gräbern, wo man das Unkraut
 beseitigt. Ein Vorbild, hilft er
den Frauen und Müttern, er sieht,
 ihre Macht
früh, mittags, spät, jeden Tag –
 ihre Macht
 vergaßen sie längst, ihre Söhne, Gesicht
 zur Erde, Erdreich
unter der Zunge, das hält sie nicht wach, der Staub
 an den Fenstern macht ihnen zu schaffen: Ohne Teppich
kein Zuhause, das versteht jede Hausfrau.

5
Der General nimmt den Abschied, das neue Gesetz
 bringt ihn zurück in die Gräben, er hört
 Verdun
 im sanften Touristen-Sommer von Warschau, im
 Wolfsblut der russischen Steppe, er spürt
diesen Tod, der antritt, ihn lebenslänglich
 zu töten, also verwirft er
das neue Gesetz, in keinen Grabstein schlägt er den Namen.

6

Der General, in dieser Stunde ein Mann, verbindlich, treu
  seiner Arbeit, Söhne
  zu liefern ans Erdreich
früh, mittags, spät, jede Nacht –
  jetzt
in diesem Jahrhundert
  klinkt er sein Lächeln aus: *Für den Einsatz*
  auf kleinere Städte
  bewährt sich der mittlere Bombentyp. Das sagt er, clever,
ein guter Geschäftsmann. Und diese Bezeichnung gilt noch
  ein Weilchen.

Karl Mickel

Lamento und Gelächter

1

Und eine solche Traurigkeit ergriff mich des Abends
Daß ich zu den Leuten ging und ihnen klagte:
Ich gehöre zu den Toten des nächsten Kriegs!
Ich schreie zu euch: Helft mir, sonst scheide ich ab.
Also sprachen die Leute zu mir: Wer bist du
Daß wir dir helfen, was gehst du uns an, wem nützt du
Was hast du getan bislang? Und fragten sich untereinander:
Was will dieser Mensch von uns? wir kennen seiner nicht.
Wehe, sagte ich ihnen, ich sterbe, es kommt, es kommt
Bleckt herauf über mich. Wahrlich, ich sage euch:
Ich gehöre zu den Toten des nächsten Kriegs.
Und sie sprachen untereinander:
  Dieser Mann ist wahnsinnig.
Außerdem haben wir Freizeit. So fahre er denn ab.
Und zum dritten Male hob ich an und bat sie
Flehend um Hilfe. Da legten sie sich schweigend
  in die Betten.
Und so bricht es herein über uns, sehet, es kommt,
  es kommt:
Herr, dein Wille geschehe. Ihr habt
Mißachtet den geringsten eurer Brüder.
Ich gehöre zu den Toten des nächsten Kriegs.

2

Da aber lachte es schallend und lachte, erschallte
Gelächter aus tausenden Mündern, erhob sich zur Höhe
Der kreisenden Wolken des tödlichen Staubes,
  durchschnitt sie
Scharf wie die Sichel des Monds. Es lachte so plötzlich
Wie wenn eine Bombe zerplatzte, ein seltsames Lachen.
Niemals noch hatte ich früher so ein Lachen gehört.
Da fragte ich, etwas befremdet, die Leute: Was lacht ihr
Was habt ihr für Gründe zu lachen, alle auf ein Mal?

Merkst du nicht, sagten sie lachend, daß dieses Lachen
Das unsre Körper erschüttert, die Brustkästen weitet,
die Lippen
Bis zum Zerspringen durchfährt, daß dieses Lachen
Nun deine Klagen hinweglacht, daß es die Grenzen
des Datums
Ausbeult, hinausdrängt, zertrümmert? Was aber habt ihr
Beharrte ich, schon aus den Schuhen geschüttelt,
was habt ihr
Für Gründe zu lachen, ich seh euch noch immer
Schwitzend die Arbeiten ausführn, seh euch des Abends
Müd über Büchern. Seht, eure Lider sind schwarz,
eure Nächte
Sind euch entschieden zu kurz, die Mühsal der Tage
Die Drohung des Todes: habt ihr sie lachend vergessen?
Da war mir, als käme das Lachen nicht aus den Hälsen
der Leute
Als wäre ihr Dasein Gelächter, als könnte keiner von ihnen
Wenn er gleich wollte, aufhörn. Ich lachte mich tot.

3

Karl Mickel
Die Friedensfeier

Zuerst werden wir uns blütenweiße Hemden kaufen
Dann lassen wir uns drei Tage lang vollaufen

Wenn wir wieder nüchtern und kalt abgeduscht sind
Machen wir unseren Frauen jeder ein Kind

Dann starrn wir rauchend den sternvollen Himmel an.
Morgens dann, viertel nach vier, geht der run

Auf Schneidbrenner los, die begehrten Artikel
Einen davon nimmt Mickel.

Dann verteilen wir uns über Luft, Land und Meer
Und machen uns über das Kriegsgerät her

Und alles hackt und schneidet, zerrt, reißt, schweißt
Spuckt an, pißt dran, sitzt oben drauf und scheißt

Und schmeißt mit Steinen, sprengt mit Sprengstoff weg:
Das ist des Sprengstoffs *höchsterrungner* Zweck!

In Geschützrohre bohren wir kleine Löcher hinein
Dort ziehen dann Spechte und Stare ein

Wers kann, kann auf ausgeblasnen Raketen
Wie auf Taminos Zauberflöte flöten

Mit U-Booten fangen wir Haie und andere Fische
Die Frauen decken die Generalstabstische

An Schlagbäumen werden Ochsen und Hammel gebraten
Von nackten Männern, die waren Soldaten

Und besser als die Uniformen können
Wärmt sie das Feuer, drin die Uniformen brennen.

Rot glühn die Martinöfen auf, in ihren Bäuchen
Vergehn, entstehen Welten! Wie wir keuchen

Vor Wollust, wenn wir sehen: hart wird weich
Und wenn sichs wieder härtet, wird zugleich

Das Krumme grad. Wir waren krumm und dumm!
Wir schleppen Schrott, wir schmieden, pflügen um:

Wenn wir dann die müd-müden Rücken recken
Durchstoßen die Köpfe die Zimmerdecken

Nur in den Nächten jahrein, jahraus
Wir träumen uns ins Mauseloch als Maus.

Ernst Jandl
Bessemerbirnen

als mehr kanonen

SCHLÄCHTERTUGEND 1

Volker von Törne
Ballade vom braven Mann

Hakenkreuz am Hute,
ein Skelett im Schrank,
schwingt er seine Knute,
kriecht er aus dem Tank.

Will mein Garten haben,
schießt mich ins Genick,
fressen mich die Raben,
nimmt mein Weib den Strick.

Singt er fromme Lieder,
wäscht er sich die Hand,
stellt er meine Brüder
alle an die Wand.

Köpft er meine Kinder,
macht er reinen Tisch:
mittags ißt der Schinder
meinen Silberfisch.

Scharrt er meine Mutter
in den grauen Schnee:
ansonsten, Herr Luther,
ist alles o.k.!

Günther Anders

Heimkehrender Mörder spricht zu seiner Hand

1

Es wird nicht genug sein, dir zu sagen: ›Ab heute bist du
wieder die alte.‹
Ich sehe es dir an: du träumst noch von deinem Handwerk.
Der Griff ums Messer wird dich erinnern,
der einsame Spaziergänger wird dir Lust machen.
Die Frauen werden erschrecken, wenn du ihre Kinder
hochhältst,
und die Männer werden bei deinem Anblick
zu sprechen aufhören.
Dein Handwerk ist noch in dir, ich sehe es dir an.
Versteck dich.

2

Heute nacht werde ich wieder zu meiner Frau
ins Bett steigen.
Ich warne dich im voraus. Denn ich kenne dich
nun seit fünf Jahren.
Ihr Haar ist nicht für dich gemacht, und an ihrem Halse
hast du nichts zu suchen.
Du wirst dich langweilen, auf deine Rechnung
wirst du nicht kommen,
denn sie wird bereit sein und daliegen,
als wäre sie bereits erschlagen.
Aber ich warne dich im voraus.

3

Meine Vorfahren behaupteten zu wissen, vor wem du dich
verantworten könntest.
Sie hatten Regeln, um den Mord von den Fingern
zu waschen.
Buße und Reinigung führten sie zurück
ins freundliche Leben: Worte.
Ich mache dir nichts vor: auch ich weiß nur
noch vom Hörensagen,
daß, was du getan hast, nicht in Ordnung ist.
Warum gut gut ist und schlecht schlecht, wer befiehlt und
verbietet, wer heiligt und entschuldigt – das
frag andere.

4

Man hat mir von den Erinnyen erzählt.
Ihr nächtliches Krähen habe ich nie gehört.
Nichts ängstet mich, als
das Bild der Faust, die größer ist als du.
Nackend stehe ich in der Barbarei der Wahrheit,
ohne Wahn – ohne Chance. Und nichts bleibt als
Warten.

Günter Kunert
Gartenpflege

Bundesbürger Deutscher und Mensch
auch er einer und immer schon einer
gewesen
ob unterm Blechtotenkopf oder
filzigem Grün Marke Lodenfrey Mulka
aus der Haft entlassen wegen
amtlich bescheinigter Depression Mulka

gräbt in der Erde hamburger Vorgartens
unruhig
dahinter das Häuschen Mulkas
sauber getüncht

die Augen verborgen hinter eulenäugiger Brille
gestriegeltes weißes Haar fleißiger Gärtner
dienstentlassener Totengräber

eines Volkes
auserwählt um nichts zur Verwandlung
in eine Menge flüchtiger Asche

beschleunigt bei dieser Transformation
gehorsam durch Mulka
der rechtskräftig verurteilt für Mord
der den Schmerz mangelnder Berufstätigkeit
zu betäuben in seinem Garten gräbt
gräbt gräbt.

Horst Bingel

Fragegedicht
(Wir suchen Hitler)

Hitler war nicht in Deutschland
niemals
haben sie wirklich herrn Hitler gesehen
Hitler ist eine erfindung

man wollte uns
wie damals
die schuld
Hitler ist eine erfindung
dekadent
ihre dichter

für Hitler
erstmals
den Nobelpreis
für ein kollektiv
Hitler

eine deutsche Frau
ist nicht für Hitler
die deutschen frauen
nicht
sie tun es
die pfarrer
am sonntag frühmorgens
niemand hat Hitler gesehen

niemand hat Hitler gesehen
Hitler ist ein gedicht
nur an gedichten
sterben sie nicht

in blauen augen
wird Hitler
kein unheil anrichten
wer hat gesagt
die Juden die Deutschen die Polen

gibt es nicht
nicht
Hitler ist eine erfindung
der bösen der guten der bösen
wer so etwas
wir aber werden
verzeihen
poesie
das hebt
heraus
Hitler ist keine nationaldichtung
wir waren schon immer
verderbt
durch fremdländisches

Hitler ist das größte
an internationaler poesie
schade
doch Goethe hat es
geahnt
Goethe unser

Hitler hat inspiriert
autobahnen
briefmarken
wir haben Hitler
umgesetzt
wirtschaftlich
autark
nichts wurde fortan
unmöglich

Hitler
unsere stärke
war
fremdländisches
umzusetzen

umzusetzen
wir haben Hitler
assimiliert geschluckt
Hitler
ich
du
er
sie
es
und und
Hitler
ich
du
ohne ende ohne
kein ende
ich
du
wir fragen nach
Hitler
Hitler
wir
Hitler
aber wir fragen

Walter Bauer

Guernica: Undeutliche Erinnerung

Einige der älteren Männer, die jetzt ruhig mit ihren
Familien leben,
In sicheren Berufen tätig, die ihren Mann ernähren,
Erwachsene Kinder haben (einige wahrscheinlich an
Universitäten)
Und in einigen Jahren nach arbeitsreichem Leben
pensioniert werden,
Um, wenn der dünne Frieden hält, einem friedlichen
Lebensabend entgegen zu leben,
Gingen 1936, vor Jahrhunderten also,
Als Angehörige der »Legion Condor« freiwillig nach Spanien,
Um Franco zu helfen und die Republik zu erwürgen.

Damals – vor Jahrhunderten, was Erinnerungen angeht –
Waren sie junge, blonde, gutgewachsene, gutgenährte
Männer,
Die, ohne sich Gedanken zu machen, Guernica
bombardierten,
»Führervoll« sozusagen (wenn sie sich noch erinnern) –
Guernica, was ist Guernica? – Hekuba, was ist Hekuba?

Abends jetzt hören sie auf Schallplatten Bach,
Gespielt von Pablo Casals
(»Unvergleichlich, wie?« – »Sehr, sehr schön« – »Erhaben«),
Der nach dem Fall der Republik nie mehr spanische Erde
betrat.
Ihre Kinder bewundern Picassos »Guernica« –
(»Großartig« – »Erschütternd« – »Der ganze Schrecken
der Zeit«) –
Aber die Väter, die sich, wie jeder, alles Recht auf einen
ruhigen Lebensabend verdienten,
Zerstörten Guernica und die Republik.
Vor Jahrhunderten, wie gesagt.

Pablo Casals ist gestorben.
Picasso ist gestorben.
Die Guernica bombardierten, sind alt geworden.
Auch die Überlebenden von Guernica wurden alt oder sind
schon gestorben.
Die jungen Leute bewundern Picassos »Guernica«,
natürlich nur
Vom rein künstlerischen Standpunkt her, »denn was
haben wir«,
Sagen sie, »mit Guernica zu tun?«
Und was eigentlich war Guernica?

Michael Guttenbrunner
Die Bodenständlinge

Die Sänger dieser Lande
sind des heimatlichen Speckes Sänger,
und sie vergleichen sich ein jeglicher
mit einem Baum;
ich hab es oft gehört und weiß es nun wohl,
daß ihre Wurzeln erdverbunden sind.
Wenn aber große Zeiten anbrechen,
die das dicke Ende in sich tragen,
dann feiern sie, um nicht vors Gewehr zu müssen,
die besoffenen Eintagsworte
der jeweiligen Tyrannen.
Wenn's aber vorbei ist,
dann singen sie wieder, als ob nichts gewesen wäre,
die Sau am Spieß
und Kraut und Rüben der Heimat.
Ihnen fehlt jedes Wort
für die Geschlagenen und Entrechteten,
von deren Blute Europas Henker trieften.
Ich allein singe heute vom Krieg.
Denn ungetilgter Schulden Samen ist wieder gereift,
und neue Drohung verdunkelt die Welt.
Als die Partisanen zum Kampfe aufbrachen
und die Freiheit ihre Morgensterne
im Dunkel der Wälder entzündete,
da rüsteten sich die Wüsten,
da griffen Wälder
mit grüner Kraft zu den Waffen.
Aber die Landsknechte und ihre Schreibknechte
sprachen nur von Banditen.
Von Ratten zerfressen
wurde des deutschen Schlachthauses
babylonischer Turm.

Aber höher von Jahr zu Jahr
hob die Menschheit ihr Haupt voll Blut und Wunden,
bestrahlt von Siegeshoffnung.
Nun aber blickt neue Gefahr
medusenhäuptig auf West und Ost.
Wen müßte man nicht alles
zum Teufel jagen?
Von den heimatlichen Sängern
werdet ihr's nie erfahren.

Wolf Biermann
Die Lebenden und die Toten

Die Toten sind tot, und wer lebt, hat recht.
Genossen erschlugen ihre Genossen, trotzalledem:
Wie übertot sind uns diese Lebenden, ach
In uns: wie lebendig diese Erschlagenen!

1. Oh, lasset die Toten ruhn!

2. Sagen die Mörder uns

3. Wollt ihr die Lebenden mit den Toten erschlagen?!
Wollt ihr vielleicht Blut auswaschen mit Blut?!
Darum laß nun endlich die Toten in Ruhe!

4. Sagen die Mörder uns

5. Gibt nicht ein Wort das andere?!
Zeugt Strafe nicht wieder Strafe und wieder?!
Darum nehmt mal die Finger von den Leichen da!

6. Sagen die Mörder uns

7. Wer uns immer noch Mörder nennt
Macht uns am Ende zu Mördern, denn
So was muß ja mundtot gemacht werden!

Sagen achtens die Mörder uns

9. Darum laßt nun die Toten den Toten!
Was vorbei ist, ist vorbei!!
Zeit heilt alle Wunden!!!

Sagen die Mörder uns zehntens ...

Was vorbei ist, ist nicht vorbei
Was wir hinter uns haben, steht uns bevor
Und ein Wort gibt nicht das andre, denn
Die Sprache der Mörder ist nicht die Sprache.

Helmut Heissenbüttel
Katalog der Unbelehrbaren

es gibt Unbelehrbare die glauben daß alles wiederkommt
es gibt Unbelehrbare die wissen daß nichts wiederkommt aber sie tun so als ob
es gibt Unbelehrbare die wissen daß nichts wiederkommt sie tun so als ob und versuchen das weiterzuerzählen
es gibt Unbelehrbare die wissen daß nichts wiederkommt und sie tun auch nicht so als ob aber sie haben nicht kapiert was los ist
es gibt Unbelehrbare die haben kapiert was los ist aber sie glauben daß alles wiederkommt und sie es noch einmal schaffen
es gibt Unbelehrbare die haben kapiert was los ist und glauben kapiert zu haben daß es wiederkommt wenn auch nicht so wie damals
es gibt Unbelehrbare die haben kapiert was los ist aber sie glauben nicht an das was sie kapiert haben und glauben daß alles sich verändert
es gibt Unbelehrbare die wissen daß nichts wiederkommt und haben kapiert was los ist und könnens doch nicht nachlassen und versuchens nochmal
es gibt Unbelehrbare die wissen daß nichts wiederkommt und haben kapiert was los ist und könnens doch nicht nachlassen und räsonnieren herum
es gibt Unbelehrbare die tun als ob nichts passiert ist und leben herrlich und in Freuden
es gibt Unbelehrbare die tun als ob nichts passiert ist und haben kapiert was los ist und machen wieder was sie wollen
es gibt Unbelehrbare die tun als ob nichts passiert ist und haben kapiert was los ist und wissen daß nichts wiederkommt und machen wieder was sie wollen
überlebende Unbelehrbare

BERTOLT BRECHT
Der anachronistische Zug oder Freiheit und Democracy

Frühling wurd's in deutschem Land.
Über Asch und Trümmerwand
Flog ein erstes Birkengrün
Probweis, delikat und kühn

Als von Süden, aus den Tälern
Herbewegte sich von Wählern
Pomphaft ein zerlumpter Zug
Der zwei alte Tafeln trug.

Mürbe war das Holz von Stichen
Und die Inschrift sehr verblichen
Und es war so etwas wie
Freiheit und Democracy.

Von den Kirchen kam Geläute.
Kriegerwitwen, Fliegerbräute
Waise, Zittrer, Hinkebein –
Offnen Maules stand's am Rain.

Und der Blinde frug den Tauben
Was vorbeizog in den Stauben
Hinter einem Aufruf wie
Freiheit und Democracy.

Vornweg schritt ein Sattelkopf
Und er sang aus vollem Kropf:
»Allons, enfants, god save the king
Und den Dollar, kling, kling, kling.«

Dann in Kutten schritten zwei
Trugen 'ne Monstranz vorbei.
Wurd die Kutte hochgerafft
Sah hervor ein Stiefelschaft.

Doch dem Kreuz dort auf dem Laken
Fehlen heute ein paar Haken
Da man mit den Zeiten lebt
Sind die Haken überklebt.

Drunter schritt dafür ein Pater
Abgesandt vom Heiligen Vater
Welcher tief beunruhigt
Wie man weiß, nach Osten blickt.

Dicht darauf die Nichtvergesser
Die für ihre langen Messer
Stampfend in geschloßnen Reihn
Laut nach einer Freinacht schrein.

Ihre Gönner dann, die schnellen
Grauen Herrn von den Kartellen:
Für die Rüstungsindustrie
Freiheit und Democracy!

Einem impotenten Hahne
Gleichend, stolzt ein Pangermane
Pochend auf das *freie* Wort.
Es heißt Mord.

Gleichen Tritts marschiern die Lehrer
Machtverehrer, Hirnverheerer
Für das Recht, die deutsche Jugend
Zu erziehn zur Schlächtertugend.

Folgen die Herrn Mediziner
Menschverächter, Nazidiener
Fordernd, daß man ihnen buche
Kommunisten für Versuche.

Drei Gelehrte, ernst und hager
Planer der Vergasungslager
Fordern auch für die Chemie
Freiheit und Democracy.

Folgen, denn es braucht der Staat sie
Alle die entnazten Nazi
Die als Filzlaus in den Ritzen
Aller hohen Ämter sitzen.

Dort die Stürmerredakteure
Sind besorgt, daß man sie höre
Und nicht etwa jetzt vergesse
Auf die *Freiheit* unsrer Presse.

Einige unsrer besten Bürger
Einst geschätzt als Judenwürger
Jetzt geknebelt, seht ihr schreiten
Für das Recht der Minderheiten.

Früherer Parlamentarier
In den Hitlerzeiten Arier
Bietet sich als Anwalt an:
Schafft dem Tüchtigen freie Bahn!

Und der schwarze Marketier
Sagt, befraget: Ich marschier
Auf Gedeih (und auf Verderb)
Für den Freien Wettbewerb.

Und der Richter dort: zur Hetz
Schwenkt er frech ein alt Gesetz.
Mit ihm von der Hitlerei
Spricht er sich und alle frei.

Künstler, Musiker, Dichterfürsten
Schrei'nd nach Lorbeer und nach Würsten
All die Guten, die geschwind
Nun es nicht gewesen sind.

Peitschen klatschen auf das Pflaster:
Die SS macht es für Zaster
Aber Freiheit braucht auch sie
Freiheit und Democracy.

Und die Hitlerfrauenschaft
Kommt, die Röcke hochgerafft
Fischend mit gebräunter Wade
Nach des Erbfeinds Schokolade.

Spitzel, Kraft-durch-Freude-Weiber
Winterhelfer, Zeitungsschreiber
Steuer-Spenden-Zins-Eintreiber
Deutsches-Erbland-Einverleiber

Blut und Dreck in Wahlverwandtschaft
Zog das durch die deutsche Landschaft
Rülpste, kotzte, stank und schrie:
Freiheit und Democracy!

Und kam, berstend vor Gestank
Endlich an die Isarbank
Zu der Hauptstadt der Bewegung
Stadt der deutschen Grabsteinlegung.

Informiert von den Gazetten
Hungernd zwischen den Skeletten
Seiner Häuser stand herum
Das verstörte Bürgertum

Und als der mephitische Zug
Durch den Schutt die Tafeln trug
Treten aus dem Braunen Haus
Schweigend sechs Gestalten aus

Und es kommt der Zug zum Halten.
Neigen sich die sechs Gestalten
Und gesellen sich dem Zug
Der die alten Tafeln trug.

Und sie fahrn in sechs Karossen
Alle sechs Parteigenossen
Durch den Schutt, und alles schrie:
Freiheit und Democracy!

Knochenhand am Peitschenknauf
Fährt die *Unterdrückung* auf.
In 'nem Panzerkarr'n fährt sie
Dem Geschenk der Industrie.

Groß begrüßt, in rostigem Tank
Fährt der *Aussatz*. Er scheint krank.
Schämig zupft er sich im Winde
Hoch zum Kinn die braune Binde.

Hinter ihm fährt der *Betrug*
Schwenkend einen großen Krug
Freibier. Müßt nur, draus zu saufen
Eure Kinder ihm verkaufen.

Alt wie das Gebirge, doch
Unternehmend immer noch
Fährt die *Dummheit* mit im Zug
Läßt kein Auge vom Betrug.

Hängend überm Wagenbord
Mit dem Arm, fährt vor der *Mord*.
Wohlig räkelt sich das Vieh
Singt: Sweet dream of liberty.

Zittrig noch vom gestrigen Schock
Fährt der *Raub* dann auf im Rock
Eines Junkers Feldmarschall
Auf dem Schoß einen Erdball.

Aber alle die sechs Großen
Eingeseßnen, Gnadelosen
Alle nun verlangen sie
Freiheit und Democracy.

Holpernd hinter den sechs Plagen
Fährt ein Riesentotenwagen
Drinnen liegt, man sieht's nicht recht:
's ist ein unbekannt Geschlecht.

Und ein Wind aus den Ruinen
Singt die Totenmesse ihnen
Die dereinst gesessen hatten
Hier in Häusern. Große Ratten

Schlüpfen aus gestürzten Gassen
Folgend diesem Zug in Massen.
Hoch die Freiheit, piepsen sie
Freiheit und Democracy!

Hans Magnus Enzensberger
Landessprache

Ostendebat namque varium iracundum iniustum
inconstantem, eundem exorabilem clementem
misericordem, gloriosum excelsum humilem,
ferocem fugacemque et omnia pariter.
Plinius, Hist. nat. XXXV, XXXVI.

Was habe ich hier verloren,
in diesem Land,
dahin mich gebracht haben meine Älteren
durch Arglosigkeit?
Eingeboren, doch ungetrost,
abwesend bin ich hier,
ansässig im gemütlichen Elend,
in der netten, zufriedenen Grube.

Was habe ich hier? und was habe ich hier zu suchen,
in dieser Schlachtschüssel, diesem Schlaraffenland,
wo es aufwärts geht, aber nicht vorwärts,
wo der Überdruß ins bestickte Hungertuch beißt,
wo in den Delikateßgeschäften die Armut, kreidebleich,
mit erstickter Stimme aus dem Schlagrahm röchelt und ruft:
es geht aufwärts!
wo eine Gewinnspanne weit von den armen Reichen die
   reichen Armen
vor Begeisterung ihre Kinostühle zerschmettern,
da geht es aufwärts von Fall zu Fall,
wo die Zahlungsbilanz Hosianna und alles was recht ist singt
und ruft: das ist nicht genug,
daß da die Freizeit spurt und Gas gibt und hinhaut,
das ist das kleinere Übel, das ist nur die Hälfte,
das macht nichts, das ist nicht genug,
daß die Tarifpartner durch die Straßen irren
und mit geballten Fäusten frohlocken
und singen und sagen:
hier geht es aufwärts,

hier ist gut sein,
wo es rückwärts aufwärts geht,
hier schießt der leitende Herr den leitenden Herrn mit
  dem Gesangbuch ab,
hier führen die Leichtbeschädigten mit den Schwer-
  beschädigten Krieg,
hier heißt es unerbittlich nett zueinander sein,

und das ist das kleinere Übel,
das wundert mich nicht,
das nehmen die Käufer in Kauf,
hier, wo eine Hand die andere kauft,
Hand aufs Herz, hier sind wir zuhaus,

hier laßt uns Hütten bauen,
auf diesem arischen Schrotthaufen,
auf diesem krächzenden Parkplatz,
wo aus den Ruinen Ruinen sprossen,
nagelneu, Ruinen auf Vorrat, auf Raten,
auf Abruf, auf Widerruf:

Hiersein ist herrlich,
wo dem verbrauchten Verbraucher,
und das ist das kleinere Übel,
die Haare ausfallen,
wo er sein erfolgreiches Haupt verhüllt
mit Wellpappe und Cellophan,
wo er abwesend aus der Grube ruft:
hier laßt uns Hütten bauen,

in dieser Mördergrube,
wo der Kalender sich selber abreißt vor Ohnmacht und Hast,
wo die Vergangenheit in den Müllschluckern schwelt
und die Zukunft mit falschen Zähnen knirscht,
das kommt davon, daß es aufwärts geht,
da tun wir Fleckenwasser drauf,
das ist hier so üblich, das wundert mich nicht,

goldrichtig liegen wir hier,
wo das Positive zum Höchstkurs notiert,
die Handelskammern decken sich damit ein
und bahren es auf unter Panzerglas,

wo wir uns finden wohl unter Blinden,
in den Schau-, Kauf- und Zeughäusern,
und das ist nicht alles, das ist nur die Hälfte,
das ist die tiefgefrorene Wildnis,
das ist die erfolgreiche Raserei, das tanzt
im notdürftigen Nerz, auf zerbrochenen Knien,
im ewigen Frühling der Amnesie,

das ist ein anderes Land als andere Länder,
das reut mich, und daß es mich reut,
das ist das kleinere Übel, denn das ist wahr,
was seine Opfer, ganz gewöhnliche tote Leute,
aus der Erde rufen, etwas Laut- und Erfolgloses,
das an das schalldichte Pflaster dringt
von unten, und es beschlägt, daß es dunkel wird,
fleckig, naß, bis eine Lache,
eine ganz gewöhnliche Lache es überschwemmt,

und den Butzemann überschwemmt,
das Löweneckerchen, das Allerleirauh,
und die schöne Rapunzel, die sind nicht mehr hier,
und es gibt keine Städte mehr, und keine Fische,
die sind erstickt in dieser Lache,

wie meine Brüder, die tadel- und hilflosen Pendler,
wie sie mich reuen, die frommen Gerichtsvollzieher,
die Gasmänner, wie sie waten zuhauf,
mit ihren Plombierzangen, wie sie stapfen,
in ihren abwesenden Stiefeln, durchs Bodenlose,
die Gloriole vorschriftsmäßig tief im Genick:

ja wären's Leute wie andere Leute,
wär es ein ganz gewöhnliches, ein andres
als dieses Nacht- und Nebelland,
von Abwesenden überfüllt,

die wer sie sind nicht wissen noch wissen wollen,
die in dieses Land geraten sind
auf der Flucht vor diesem Land
und werden flüchtig sein bis zur Grube:

wärs anders, wär ihm zu helfen,
wäre Rat und Genugtuung hier,
wär es nicht dieses brache, mundtote Feindesland!

Was habe ich hier verloren, was suche ich
und stochre in diesem unzuständigen Knäuel
von Nahkampfspangen, Genußscheinen,
Gamsbärten, Schlußverkäufen, und finde nichts
als chronische, chronologisch geordnete Turnhallen
und Sachbearbeiter für die Menschlichkeit
in den Kasernen für die Kasernen für die Kasernen:

Was soll ich hier? und was soll ich sagen?
in welcher Sprache? und wem?
Da tut mir die Wahl weh wie ein Messerstich,
das reut mich, das ist das kleinere Übel,
das schreit und so weiter
mit kleinen Schreien zum Himmel
und gibt sich für größer aus als es ist,
aber es ist nicht ganz,
es ist nur die himmelschreiende Hälfte,
es ist noch nicht genug:

denn dieses Land, vor Hunger rasend,
zerrauft sich sorgfältig mit eigenen Händen,
dieses Land ist von sich selber geschieden,
ein aufgetrenntes, inwendig geschiedenes Herz,
unsinnig tickend, eine Bombe aus Fleisch,

eine nasse, abwesende Wunde:
Deutschland, mein Land, unheilig Herz der Völker,
ziemlich verrufen, von Fall zu Fall,
unter allen gewöhnlichen Leuten:

Meine zwei Länder und ich, wir sind geschiedene Leute,
und doch bin ich inständig hier,
in Asche und Sack, und frage mich:
was habe ich hier verloren?

Das habe ich hier verloren,
was auf meiner Zunge schwebt,
etwas andres, das Ganze,
das furchtlos scherzt mit der ganzen Welt
und nicht in dieser Lache ertrinkt,

verloren an dieses fremde, geschiedne Geröchel,
das gepreßte Geröchel im *Neuen Deutschland,*
das Frankfurter Allgemeine Geröchel
(und das ist das kleinere Übel),
ein mundtotes Würgen, das nichts von sich weiß,

von dem ich nichts wissen will, Musterland,
Mördergrube, in die ich herzlich geworfen bin
bei halbwegs lebendigem Leib,
da bleibe ich jetzt,
ich hadere aber ich weiche nicht,
da bleibe ich eine Zeitlang,
bis ich von hinnen fahre zu den anderen Leuten,
und ruhe aus, in einem ganz gewöhnlichen Land,
hier nicht,
nicht hier.

HAUSSUCHUNG 1

INGEBORG BACHMANN
Früher Mittag

Still grünt die Linde im eröffneten Sommer,
weit aus den Städten gerückt, flirrt
der mattglänzende Tagmond. Schon ist Mittag,
schon regt sich im Brunnen der Strahl,
schon hebt sich unter den Scherben
des Märchenvogels geschundener Flügel,
und die vom Steinwurf entstellte Hand
sinkt ins erwachende Korn.

Wo Deutschlands Himmel die Erde schwärzt,
sucht sein enthaupteter Engel ein Grab für den Haß
und reicht dir die Schüssel des Herzens.

Eine Handvoll Schmerz verliert sich über den Hügel.

Sieben Jahre später
fällt es dir wieder ein,
am Brunnen vor dem Tore,
blick nicht zu tief hinein,
die Augen gehen dir über.

Sieben Jahre später,
in einem Totenhaus,
trinken die Henker von gestern
den goldenen Becher aus.
Die Augen täten dir sinken.

Schon ist Mittag, in der Asche
krümmt sich das Eisen, auf den Dorn
ist die Fahne gehißt, und auf den Felsen
uralten Traums bleibt fortan
der Adler geschmiedet.

Nur die Hoffnung kauert erblindet im Licht.

Lös ihr die Fessel, führ sie
die Halde herab, leg ihr
die Hand auf das Aug, daß sie
kein Schatten versengt!

Wo Deutschlands Erde den Himmel schwärzt,
sucht die Wolke nach Worten und füllt den Krater mit Schweigen,
eh sie der Sommer im schütteren Regen vernimmt.

Das Unsägliche geht, leise gesagt, übers Land:
schon ist Mittag.

Karl Krolow

Die Freiheit

Sie flieht vorüber, in sich gekehrt.

Die Leute sagen, sie habe den bösen Blick.
Aber sie hörte in der Nacht
Das Gespräch mechanischer Waffen.
Sie sah gerade eben noch in der schneidenden Luft
Die Zeit als großen Vogel,
Der davonfliegt: – die Hoffnung.
Sie sah das alte Blut aus dem Boden steigen
Und sich mit neuem verbinden.

Sie flieht vorüber, in sich gekehrt.

Die Leute sagen, sie habe den bösen Blick.
Aber plötzlich waren aus den Hüften
Maschinenpistolen gewachsen.
Noch die Statuen hatten
Auf sie gefeuert.
In jedermanns Arme
War der Tod gelegt.

Sie flieht vorüber, in sich gekehrt.

An der Ecke wartet auf sie
Der schwarze Wegelagerer: –
Gewalt, mit unbiegsamem Metall
In den Fäusten!

Hans Magnus Enzensberger
An alle Fernsprechteilnehmer

Etwas, das keine Farbe hat, etwas,
das nach nichts riecht, etwas Zähes,
trieft aus den Verstärkerämtern,
setzt sich fest in die Nähte der Zeit
und der Schuhe, etwas Gedunsenes,
kommt aus den Kokereien, bläht
wie eine fahle Brise die Dividenden
und die blutigen Segel der Hospitäler,
mischt sich klebrig in das Getuschel
um Professuren und Primgelder, rinnt,
etwas Zähes, davon der Salm stirbt,
in die Flüsse, und sickert, farblos,
und tötet den Butt auf den Bänken.

Die Minderzahl hat die Mehrheit,
die Toten sind überstimmt.

In den Staatsdruckereien
rüstet das tückische Blei auf,
die Ministerien mauscheln, nach Phlox
und erloschenen Resolutionen riecht
der August. Das Plenum ist leer.
An den Himmel darüber schreibt
die Radarspinne ihr zähes Netz.

Die Tanker auf ihren Helligen
wissen es schon, eh der Lotse kommt,
und der Embryo weiß es dunkel
in seinem warmen, zuckenden Sarg:

Es ist etwas in der Luft, klebrig
und zäh, etwas, das keine Farbe hat
(nur die jungen Aktien spüren es nicht):
Gegen uns geht es, gegen den Seestern
und das Getreide. Und wir essen davon
und verleiben uns ein etwas Zähes,
und schlafen im blühenden Boom,
im Fünfjahresplan, arglos
schlafend im brennenden Hemd,
wie Geiseln umzingelt von einem zähen,
farblosen, einem gedunsenen Schlund.

Christoph Meckel
Der Pfau

Ich sah aus Deutschlands Asche keinen Phönix steigen.
Räumend mit dem Fuß in der Asche
stieß ich auf kohlende Flossen, auf Hörner und Häute –
doch ich sah einen Pfau, der Asche wirbelnd
mit einem Flügel aus Holz und einem aus Eisen
riesig wachsend die Flocken der Feuerstellen
peitschte und sein Gefieder strählte.

Ich sah aus Deutschlands Asche alte Krähen kriechen
und borstige Nachtigallen mit heiseren Kehlen
und Hähne mit Schwertfischschnäbeln und kahlen Kämmen
den Ruhm des Vogels zu pfeifen und zu singen.
Ich sah sie in aller Feuer Asche schnobern,
in die der Wind fuhr, und kalten Rauch
abtrieb über Breiten, wo wenig nur Gold war, was glänzte.

Ich sah aus Deutschlands Asche keinen Phönix steigen;
doch ich sah einen Pfau in der Leuchtzeit seines Gefieders,
ich sah ihn strahlende Räder schlagen
im Gegenlicht eisgrauer Himmel und Wetterleuchten
und hörte den Jubel der Krähen und Spatzen und sah
Elsternschwärme in seine Goldfedern stürzen
Läuse finster aus seinem Gefieder wachsen
große Ameisen seine Augen zerfressen.

Erich Fried

Vom Menschen ausgehende Geschichtsauffassung

Franco war ein großer Mann mit vielen Fehlern
und im Grunde doch auch ein Mensch wie jeder andere
Hitler war ein großer Mann mit vielen Fehlern
und im Grunde doch auch ein Mensch wie jeder andere
Stalin war ein großer Mann mit vielen Fehlern
und im Grunde doch auch ein Mensch wie jeder andere
Churchill war ein großer Mann mit vielen Fehlern
und im Grunde doch auch ein Mensch wie jeder andere
Napoleon war ein großer Mann mit vielen Fehlern
und im Grunde doch auch ein Mensch wie jeder andere
Torquemada war ein großer Mann mit vielen Fehlern
und im Grunde doch auch ein Mensch wie jeder andere
Luther war ein großer Mann mit vielen Fehlern
und im Grunde doch auch ein Mensch wie jeder andere
Dschinghis Khan war ein großer Mann mit vielen Fehlern
und im Grunde doch auch ein Mensch wie jeder andere
Mohammed war ein großer Mann mit vielen Fehlern
und im Grunde doch auch ein Mensch wie jeder andere
Nero war ein großer Mann mit vielen Fehlern
und im Grunde doch auch ein Mensch wie jeder andere
Caesar war ein großer Mann mit vielen Fehlern
und im Grunde doch auch ein Mensch wie jeder andere
Alexander war ein großer Mann mit vielen Fehlern
und im Grunde doch auch ein Mensch wie jeder andere
Moses war ein großer Mann mit vielen Fehlern
und im Grunde doch auch ein Mensch wie jeder andere

Wie bunt und wechselvoll sind uns
die Figuren der Weltgeschichte
wenn wir sie einfühlend sehen
vorurteilsfrei und genau

Peter Hamm
Als ich mich umsah

als sich der himmel öffnete wie eine wunde
als ich mich umsah nach jenen städten
  nach den eingeweiden jener städte
als ich mich umsah nach jener liebe
  nach den eingeweiden jener liebe
als ich mich umsah nach einigen männern
  manaki chaplin bialik jospeh roth jesse thoor
als ich mich umsah nach jenem den sie aus mir gemacht haben
als ich ihre sprache nicht mehr verstand
als sich der himmel schloß wie eine wunde

niemand will mich auf dem gewissen haben
niemand will mich geboren haben

niemand will sich umsehen nach jenem
  den sie aus mir gemacht haben
als sich der himmel schloß wie eine wunde
als ich mich umsah nach jenem der ich gerne gewesen wäre
als ich mich wieder umsah nach jenem
  der ich gerne gewesen wäre

kein gott machte mich zur salzsäule
  mich ließ man weiterleben

CHRISTOPH MECKEL
Was dieses Land betrifft

Was dieses Land betrifft: hier ist kein Ort, für die Zeit
die kommt, einen Grundstein zu setzen. Dies ist kein Ort
für mehr als ein Dasein in Kälte, ausgeschieden
einsilbig und überstimmt. Wenn dein Knochen wandert
in dir auf der Suche nach Leben und ausbricht, hungrig
nach Freude und Zukunft, aber zurückkehrt
ruhlos, weltwund, todnah – wo ist der Genosse
ohne Vertrag, der Bruder ohne Berechnung? Wer hat
seinen Traum nicht zertrampelt oder verkauft, seine Sprache
nicht abgestimmt auf jedermanns Vorschrift und Vorteil?
Wer hat seinen Kopf nicht eingezogen, wer schleicht nicht
mit halber Sonne unter dem Hut in sein Loch
wo die Ohnmacht Staub ansetzt und die Liebe,
ein Haustier, sich ausschläft. Wo ist ein Mensch
der Handschellen weder trägt noch anlegt, wo ist
der Ort, für die Zeit die kommt, einen Grundstein zu setzen?

Hier bleibst du stehn und läßt dir nicht sagen: verschwinde.

GÜNTER GRASS
Kinderlied

Wer lacht hier, hat gelacht?
Hier hat sich's ausgelacht.
Wer hier lacht, macht Verdacht,
daß er aus Gründen lacht.

Wer weint hier, hat geweint?
Hier wird nicht mehr geweint.
Wer hier weint, der auch meint,
daß er aus Gründen weint.

Wer spricht hier, spricht und schweigt?
Wer schweigt, wird angezeigt.
Wer hier spricht, hat verschwiegen,
wo seine Gründe liegen.

Wer spielt hier, spielt im Sand?
Wer spielt muß an die Wand,
hat sich beim Spiel die Hand
gründlich verspielt, verbrannt.

Wer stirbt hier, ist gestorben?
Wer stirbt, ist abgeworben.
Wer hier stirbt, unverdorben
ist ohne Grund verstorben.

Helga M. Novak

Lied von der Haussuchung

sie kommen stets im Morgengrauen
früh um fünf
und trommeln dich aus dem Bett raus
und ziehen dich bis aufs Hemd aus
und schauen
sogar in die Strümpf
  denk daran wenn es klopft
  sie werden dich noch oft
  mit geladnen Maschinenpistolen
  und nicht nur aus dem Bett
  und nicht nur ins Präsidium holen

sie kommen wieder im Morgengrauen
zehn Mann hoch
und stoßen dich mit dem Gewehrlauf
und schneiden dir die Matratzen auf
und schauen
in jedes Loch
  denk daran wenn es klopft
  sie werden dich noch oft
  mit geladnen Maschinenpistolen
  und nicht nur aus dem Bett
  und nicht nur ins Präsidium holen

und wieder ist es im Morgengrauen
daß sie kommen
sie fühlen dir gründlich auf den Zahn
und binden dich an den Eisschrank an
und hauen
dich zusammen
  denk daran wenn es klopft
  sie werden dich noch oft
  mit geladnen Maschinenpistolen
  und nicht nur aus dem Bett
  und nicht nur ins Präsidium holen

und plötzlich war es zur Mitternacht
daß sie zufaßten
und traten in die Türen und Spiegel
und haben dich hinter Schloß und Riegel
gebracht
in den Betonkasten
   und kehrst du zurück nach Haus
   klopfen sie dich wieder raus
   um dich mit Maschinenpistolen
   nicht nur aus dem Bett
   und nicht nur ins Präsidium zu holen

Erich Fried
Vordruck

Links ist Platz geblieben
auf den man schreiben kann
Rechts steht   *. . . sind unser Unglück*
Wie fing die Zeile an

Die Juden ist kaum mehr zu lesen
ausradiert oder verblaßt:
Schreibt *Chinesen* schreibt *Nordvietnamesen*
schreibt alle hin die ihr haßt

Schreibt einfach *Die Bolschewisten*
Das geht dann weiter so:
De Gaulle und *Die Neutralisten*
Die vom afro-asiatischen Zoo

Die Ostermarschierer Die Roten
Die Polacken Die Gastarbeiter
die Lebenden und die Toten
nur immer weiter

Helmut Heissenbüttel
Politische Grammatik

Verfolger verfolgen die Verfolgten. Verfolgte aber werden Verfolger. Und weil Verfolgte Verfolger werden werden aus Verfolgten verfolgende Verfolgte und aus Verfolgern verfolgte Verfolger. Aus verfolgten Verfolgern aber werden wiederum Verfolger (verfolgende verfolgte Verfolger). Und aus verfolgenden Verfolgten werden wiederum Verfolgte (verfolgte verfolgende Verfolgte). Machen Verfolger Verfolgte. Machen verfolgende Verfolgte verfolgte Verfolger. Machen verfolgende verfolgte Verfolger verfolgte verfolgende Verfolgte. Und so ad infinitum.

Weder Verfolgte noch Nichtverfolgte verfolgen weder Verfolger noch Verfolgte. Sind weder Verfolger noch Nichtverfolger von Verfolgern wie Verfolgten. Weder Verfolgte noch Nichtverfolgte außerhalb des grammatischen Zirkels verfolgen das Verfolgen. Verfolgen das Verfolgen in Verfolgern wie Verfolgten. In verfolgten Verfolgern wie in verfolgenden Verfolgten. In verfolgenden verfolgten Verfolgern wie in verfolgten verfolgenden Verfolgten. Indem sie das Verfolgen verfolgen verfolgen sie auch das Nichtverfolgen (das Nichtverfolgen des Verfolgens). Weder Verfolgte noch Nichtverfolgte wären so die eigentlichen Verfolger.
Als Verfolger des Verfolgens in Verfolgern wie Nichtverfolgern werden sie verfolgt von Verfolgern wie Verfolgten. Als Verfolger des Nichtverfolgens des Verfolgens werden sie verfolgt von Nichtverfolgern wie Nichtverfolgten. Verfolger des Verfolgens und Nichtverfolgens wären sie die eigentlich Verfolgten. Nicht verfolgende Verfolgte und verfolgte Verfolger. Sondern Verfolger und Verfolgte zugleich.

2

Hans Magnus Enzensberger
Verteidigung der Wölfe gegen die Lämmer

Soll der Geier Vergißmeinnicht fressen?
Was verlangt ihr vom Schakal,
daß er sich häute, vom Wolf? Soll
er sich selber ziehen die Zähne?
Was gefällt euch nicht
an Politruks und an Päpsten,
was guckt ihr blöd aus der Wäsche
auf den verlogenen Bildschirm?

Wer näht denn dem General
den Blutstreif an seine Hose? Wer
zerlegt vor dem Wucherer den Kapaun?
Wer hängt sich stolz das Blechkreuz
vor den knurrenden Nabel? Wer
nimmt das Trinkgeld, den Silberling,
den Schweigepfennig? Es gibt
viel Bestohlene, wenig Diebe; wer
applaudiert ihnen denn, wer
steckt die Abzeichen an, wer
lechzt nach der Lüge?

Seht in den Spiegel: feig,
scheuend die Mühsal der Wahrheit,
dem Lernen abgeneigt, das Denken
überantwortend den Wölfen,
der Nasenring euer teuerster Schmuck,
keine Täuschung zu dumm, kein Trost
zu billig, jede Erpressung
ist für euch noch zu milde.

Ihr Lämmer, Schwestern sind,
mit euch verglichen, die Krähen:
ihr blendet einer den andern.
Brüderlichkeit herrscht
unter den Wölfen:
sie gehn in Rudeln.

Gelobt sein die Räuber: ihr,
einladend zur Vergewaltigung,
werft euch aufs faule Bett
des Gehorsams. Winselnd noch
lügt ihr. Zerrissen
wollt ihr werden. Ihr
ändert die Welt nicht.

Peter Rühmkorf

Anode

Auf der Höhe des Friedens, aus der Fülle des Fetts,
in den gähnenden Sechzigern dies hier bekundet:
Zu singen wenig, aber zu handeln genug –
nun schick deinen Traum in die Mauser.

Schreib ab, sack ein, gib deine Drosseln in Kauf,
spiel dein gezinktes Herz, laß Rosen karren...
Wo sich dir, Landsmann, alles zu Golde verkehrt,
pflichte mit Flöten bei, in Deutschland, unter der Sonne.

Hier läßt es sich verkommen, hier siegen heißt:
Oh große Wurstfabrik, ein Lächeln eher,
einen Tag billiger, ein Angebot voraus, den Feind
am Busen sich zu bändigen.

Wer mahlt denn dort so zierlich mit den Zähnen, spricht,
daß ihm in Hunger und Hoffart die leidige Zeit vergeh?!
Der sich die Schande vom Munde abspart, morgen,
Brüder, mit uns auf den nämlichen Unrat vereidigt.

Du, vom Genickschußschlaf unaufgerufen
in unsre Mitte getreten mit kunstlos durchlöchertem Kopf,
sink – sink zurück in Ruh, eh was die Sterne
zu melken kam, sich Billigung erbittet.

Das heckt bald himmelan, wahrlich, ein neuer Wurf,
wo nichts dawider singt und alles spricht dafür,
daß ihm der Faustkeil in der Brust die Herzen
auftut der Fühlenden...

Daß ihm der goldene Grind zum Heil ausschlägt
und uns, die (schabt den Rüssel miteinand!)
soweit herum-, soweit herunter-
gekommen sind.

Herunter und empor –
Ein guter Wind steht hinter den Bezügen,
wo schön die Nacht ihr Markstück balanciert.
Auf Freunde,
Faktenputzer, Fellabzieher,
den Sarg gesattelt und den Speck geschnürt!
Steigt ein...

Erich Fried
Gründe

»Weil das alles nicht hilft
Sie tun ja doch was sie wollen

Weil ich mir nicht nochmals
die Finger verbrennen will

Weil man nur lachen wird:
Auf dich haben sie gewartet

Und warum immer ich?
Keiner wird es mir danken

Weil da niemand mehr durchsieht
sondern höchstens noch mehr kaputtgeht

Weil jedes Schlechte
vielleicht auch sein Gutes hat

Weil es Sache des Standpunktes ist
und überhaupt wem soll man glauben?

Weil auch bei den andern nur
mit Wasser gekocht wird

Weil ich das lieber
Berufeneren überlasse

Weil man nie weiß
wie einem das schaden kann

Weil sich die Mühe nicht lohnt
weil sie alle das gar nicht wert sind«

Das sind Todesursachen
zu schreiben auf unsere Gräber

die nicht mehr gegraben werden
wenn das die Ursachen sind

Walter Bauer

Postkarte an junge Menschen

Gebt nicht nach, wie wir getan haben,
Folgt den Verlockungen nicht, denkt nach, verweigert,
Verweigert, lehnt ab.
Denkt nach, eh ihr Ja sagt,
Glaubt nicht sofort, glaubt auch dem Einleuchtenden nicht,
Glauben schläfert ein, und ihr sollt wach sein.
Fangt mit einem weißen Blatt an, schreibt selber
die ersten Worte,
Laßt euch nichts vorschreiben.
Hört gut zu, hört lange zu, aufmerksam,
Glaubt der Vernunft nicht, der wir uns unterwarfen.
Fangt mit der stummen Revolte des Nachdenkens an, prüft
Und verwerft.
Bildet langsam das Ja eures eigenen Lebens.
Lebt nicht wie wir.
Lebt ohne Furcht.

Günter Eich

Wacht auf, denn eure Träume sind schlecht

Wacht auf, denn eure Träume sind schlecht!
Bleibt wach, weil das Entsetzliche näher kommt.

Auch zu dir kommt es, der weit entfernt wohnt von den
  Stätten, wo Blut vergossen wird,
auch zu dir und deinem Nachmittagsschlaf,
worin du ungern gestört wirst.
Wenn es heute nicht kommt, kommt es morgen,
aber sei gewiß.

›Oh angenehmer Schlaf
auf den Kissen mit roten Blumen,
einem Weihnachtsgeschenk von Anita,
  woran sie drei Wochen gestickt hat,
oh angenehmer Schlaf,
wenn der Braten fett war und das Gemüse zart.
Man denkt im Einschlummern an die Wochenschau
  von gestern abend:
Osterlämmer, erwachende Natur, Eröffnung
  der Spielbank in Baden-Baden,
Cambridge siegte gegen Oxford mit zweieinhalb Längen, –
das genügt, das Gehirn zu beschäftigen.

Oh dieses weiche Kissen, Daunen aus erster Wahl!
Auf ihm vergißt man das Ärgerliche der Welt,
  jene Nachricht zum Beispiel:
Die wegen Abtreibung Angeklagte sagte zu ihrer Verteidigung:
Die Frau, Mutter von sieben Kindern, kam zu mir
  mit einem Säugling,
für den sie keine Windeln hatte, und der
in Zeitungspapier gewickelt war.
Nun, das sind Angelegenheiten des Gerichtes, nicht unsre.
Man kann dagegen nichts tun, wenn einer etwas härter
  liegt als der andere.
Und was kommen mag, unsere Enkel mögen es ausfechten.‹

›Ah, du schläfst schon? Wache gut auf, mein Freund!
Schon läuft der Strom in den Umzäunungen,
   und die Posten sind aufgestellt.‹

Nein, schlaft nicht, während die Ordner der Welt
   geschäftig sind!
Seid mißtrauisch gegen ihre Macht, die sie vorgeben
   für euch erwerben zu müssen!
Wacht darüber, daß eure Herzen nicht leer sind,
   wenn mit der Leere eurer Herzen gerechnet wird!
Tut das Unnütze, singt die Lieder, die man
   aus eurem Mund nicht erwartet!
Seid unbequem, seid Sand, nicht das Öl im Getriebe der Welt!

DOPPELLEBEN 1

Wolf Biermann
Es senkt das deutsche Dunkel

Es senkt das deutsche Dunkel
Sich über mein Gemüt
Es dunkelt übermächtig
In meinem Lied

Das kommt, weil ich mein Deutschland
So tief zerrissen seh
Ich lieg in der bessren Hälfte
Und habe doppelt Weh

Bertolt Brecht

Deutschland 1952

O Deutschland, wie bist du zerrissen
Und nicht mit dir allein!
In Kält' und Finsternissen
Läßt eins das andre sein.
Und hättst so schöne Auen
Und reger Städte viel;
Tätst du dir selbst vertrauen
Wär alles Kinderspiel.

Karl Alfred Wolken
Wir lachen wohl –

Wir lachen wohl im Deutschland dieser Tage:
den halben Ländern, dem zerrißnen Land –
doch gibt es etwas andres, das heißt: Klage,
und Klage heißt: wir sind im Mark verbrannt.

Verbrannt im Mark im Deutschland dieser Tage,
und lachen wir, so ist ein Ton dabei,
ein hoher Wehlaut, wenn ich ›lachen‹ sage
und lache selbst und träum von einem Schrei,

den keiner schreit, auch ich nicht, denn ich lache:
Zerrissener in dem zerrißnen Land.
Lach wie ein Narr um eine liebe Sache,
die mir zerbrach – und klaub sie aus dem Sand.

Und heb sie hoch und denke: ach, vorzeiten,
wie war's denn da? Und frage: wie wird's sein?
Und frag nicht weiter, laß die Sache gleiten –
und lach so leise wie ein mürber Stein.

Und roll wie er und reiß mich wund an Drähten,
frag zögernd wieder – und hör wieder nichts.
Und wo ich hinkomm, muß ich mich verspäten –
und steh doch immer vor den Schranken des Gerichts.

Man herrscht mich an? Ach, Alptraum aller Sünder:
ich herrsch mich an, weil ich mich blutig fand –
und geh durchs Land und kraule seine Kinder,
die Unschuld, und bleib doch im Mark verbrannt.

Und darf ich endlich weg von diesen Schranken
und dürfte klagen – ach, dann darf ich's nicht!
Spricht man mich frei, so kommen die Gedanken,
und ich bin Töter, Toter und Gericht.

CHRISTOPH MECKEL
Hymne

Ich lebe in einem Land, das seine geschundenen
und geflickten Garderoben den Spiegeln des Himmels
vorführt ohne besondere Koketterie,
in einem Land unter Tränenglorіolen,
dessen ewige Grenzen Klagemauern sind.

Ich lebe in einem Land, das verliebt ist in den Tod,
seine Erde ist mit zahllosen Särgen möbliert
und ausgestattet mit Knochen, die abgeklärt
den Schankwirt des Todes um neue Gefährten bitten,
dem Himmel des Landes steht die Sonne gut,
doch seine Sterbefabriken schließen sich nie.

Ich lebe in einem Duft von abgestandenen Seufzern,
der Gewißheit des Todes, der Ungewißheit des Lebens,
zwiefach unwillig verbunden und verpflichtet
durch Angst und unausweichliche Vorsicht,
die ein Zirkusaffe auf dem Rücken
eines Elefanten braucht, um nicht zu stürzen.

Ich lebe in einem Land, das verliebt ist in den Tod,
ein Tränenkrug ist sein Wappen und Souvenir,
ein Blutegel sein Maskott, seine Fahnen Vogelscheuchen,
der tausendste Enkel meiner Hoffnung kam um.
Der letzte Schild meiner Zuversicht ist zerborsten.

Helga M. Novak
Lernjahre sind keine Herrnjahre

mein Vaterland hat mich gelehrt:
achtjährig
eine Panzerfaust zu handhaben
zehnjährig
alle Gewehrpatronen bei Namen zu nennen
fünfzehnjährig
im Stechschritt durch knietiefen Schnee
zu marschieren
siebzehnjährig
in eiskalter Mitternacht Ehrenwache
zu Stalins Tod zu stehen
zwanzigjährig
mit der Maschinenpistole gut zu treffen
dreiundzwanzigjährig
meine Mitmenschen zu denunzieren
sechsundzwanzigjährig
das Lied vom guten und schlechten
Deutschen zu singen

wer hat mich gelehrt
Nein zu sagen
und ein schlechter Deutscher zu sein?

F.C. Delius
Hymne

Ich habe Angst vor dir, Deutschland,
Wort, den Vätern erfunden, nicht uns,
du mit der tödlichen Hoffnung,
du im doppelt geschwärzten Sarg,
Deutschland, was soll ich mit dir,
nichts, laß mich, geh,
Deutschland, du steinigst uns wieder,
auf der doppelten Zunge zerläufst du,
auf beiden Schneiden
des Schwerts, ich habe Angst vor dir,
Deutschland, ich bitte dich, geh,
laß mir die Sprache und geh,
du, zwischen den Zielen, verwest schon
und noch nicht tot, stirb, Deutschland,
ich bitte dich, laß uns und geh.

Günter Kunert

Neuere Ballade infolge älterer Sage

1

Tief im Schoße des Kyffhäuser,
bei der Ampel hellem Schein,
sitzt der Kaiser Barbarossa
an dem Tisch, der ganz aus Stein.

2

So soll es sein: Schwarzgefiedertes Geflatter
um den Berg und kreischend, rufend,
komm, errette Deutschland:
so soll es sein: Daß er erscheint,
schwertgegürtet, hoch zu Roß, heraus ans Licht
und alle deutschen Widersprüche gordischer Natur
mit einem Schlage löst, er, Schlagetot:
so soll es sein.

3

Tief im Schoße des Kyffhäuser,
bei der Ampel fahlem Schein,
reglos Kaiser Barbarossa:
mürbes lauerndes Gebein.

4

Wären ausgestopft nicht alle Raben,
Heimat und Natur verkündend, hinter Glas ergraut,
gläsern ihre treuen Augen;
wären
in den Lüften Schwingen nicht aus Leichtmetall,
beidseits mit Raketen schwer bestückt,
teure Bälge nicht Piloten, Material
anthropologes,
gewaschen täglich außen, innen: Gehirn und
Genital, es wäre möglich, sie
weckten ihn.

5

Tief im Schoße des Kyffhäuser,
ohne Ampel, ohne Schein,
wartet Kaiser Barbarossa
außerhalb von Zeit und Sein.

6

Als Ende ein Verkehrsunfall an einer
Kreuzzugs-Kreuzung: vom Pferderücken in die Furt:
Nichtschwimmer und Hohenstaufe in Personalunion,
ins Ferne schweifend, um der Größe
des heiligen Reichs der Deutschen willen:
Deutsche Größe, Gral, geortet geographisch
stets im Ausland. So schweif ein wenig
nach Ravenna, nach Verdun, nach Stalingrad,
El Alamein und Narvik, und finde, heimgekehrt,
falls überhaupt,
einbeinig alle Wege amputiert, sieh augenlos
verengte Grenzen: geschrumpfter Flecken
stolzen Schorfs am Globus.

7

Dort am Schoße des Kyffhäuser
ist die Grenze schon ganz nah:
Als wär Deutschland nie gewesen,
nur ein Kaiser ist noch da.

8

Am lebenden Objekt belehrter Schüler:
Der gute Deutsche ist
ein ausgestopfter: Tiefsinniges Relikt
leichtsinniger Geschichte (eigner),
fliegt, siegt und fällt,
läßt Haare, läßt Federn, legt Hand an andre.
Hand an sich, an der Hosennähte Spektrum,

gehorsam an die zementne Schläfe:
Zu Befehl: und so heiße
sein Befehl denn: Ein schlechter guter Deutscher sei,
nicht ehern, sondern eher
und besser gleich
übrigen, die ihr Geschick betreiben
um keines Kaisers Bart, in keines Namen
als ihrem eigenen.

9

Tief in Höhlen des Kyffhäuser
lebt nur noch als Schimmelpilz
eine alte deutsche Sage:
die betrogne Hoffnung wills.

Volker Braun
Wir und nicht sie

Eins könnte mich trösten: wir haben das halbe
Land frei für den Frieden. Vor den verbrannten
Ufern der Länder, wo das Gras wächst
Liegt es, das seine Zeitungen loben und die Sprecher
Des Volks, mein Land, nicht mehr gefürchtet
Von seinen Bewohnern. Nach dem Jahrhundert
Des Granatenrechts, das wir brachen
Als die Städte brachen, müßt ich, da Freiheit
Bis heut von fern gefeiert war, ihr Lob stärker
Singen als jeder! aber sie tröstet mich nicht.
Denn wer alles auch sagt, uns kümmere nur
Dies eine, das wir schützen können: ich kenne
Nicht mein und dein vor diesen verletzlichen Ländern
Die kleineren Kriege, die beschreiblichen
Waren. Mich schert
Diese lockere Erde jeglicher Landschaft, die mein Gebein
Befliegen kann schichtweis. Und seis nur eine
Quadratmeile See unterm Raketenschiff:
Oder der Batzen Rhön, fern neben meiner Schulter
Das ist mein Land, das seh ich: und keine Welt
Tröstet mich. Ich versuche es ja, ich halte
Dies Ländchen im Auge, in meinen Händen
Als wenns mir gefiele, und was ihr macht, ich
Mach es, den Beton und den Pudding, ich fahr vom Kap
Zu den Kuppen, ich faste auf Festen, die mit Worten
Den Ruhm des Friedens mästen: es ist da um mich
Klein und lebendig, ich bin dort wie ihr
Mein bebautes Land, zufrieden, nicht schön
Das ein Trost ist, das verletzbare, friedliche
Frei vor den Ufern der Länder! aber es tröstet mich nicht.

Peter Rühmkorf
Hymne

Völlig im Einklang mit diesem Satze Hamanns,
daß der purpurne Mantel des Genius
nur den blutigen Buckel ebendesselben verdecke,
(sehr fein beobachtet!)
justiere ich meinen Hintern auf dem Hocker von
Riemerschmidt:
Ja!
in meiner Branche ist Glut und Finsternis durchaus der
Umgang

Zwischen Geburt und Beil halte ich mich
meinem Zeitalter zur Verfügung.
Ein klarer Kopf hat sich auf meinen Schultern konstituiert,
voll süßen Grimms
auf die hierorts gehandelten Sitten:
wie es speckgeknebelten Halses von Freiheit quäkt:
kein Stroh zu gemein, kein Arm unerschwinglich,
und dem man das Licht noch vorkaut, er mietet
den Streifen Abendlandes vor meiner Türe.

Der unter solchen Umständen zu singen anhebt,
was bleibt ihm zu preisen?
was wäre, he-denn, eines erhobenen Kopfes noch wert?
Trainiert und geflügelt
nahet der Gauner im Glück:
eine schöne Gesellschaft möchte sich maßnehmen lassen,
zwischen Hacke und Schnauze: Erhabenheit!
Dahinter den Mond, wenn ihm Tran,
Tran, hell wie Tau, aus zerlassener Locke träuft;
schöneres Bild eines Hochkommens, handkoloriert –
gemach!
gemach, Señores,
euch laß ich den Tiger tanzen!

Aber nun:
die ihre Schwäche nicht adelt,
halten um Lieder an;
brav unter ihre Dächer geduckt,
wie sie die Peitsche zu unansehnlichen Brüdern gekämmt hat:

Kumpel!
mach uns ein Lied!
der du als eins unter andern
hungriges Hündlein bist,
mit den Lüsten der Hündlein
u-hund
dem trauten Wauwau eines allen gemeinsamen Grund-
gesanges –
Ihr Jecke, das ist, was einem in Deutschland das Hirn an die
Decke treibt:
rührt euer Klinkerherz andres als Schuß und Schlag,
oder:
wo ich euch aufspiel, legt ihr da mit Axt an?

Deutschland[1] – Deutschland[2]
hier wird mir kein Bruder geworfen;
hier steht die Luft, wie die Torheit stolz auf der Stelle tritt.
Zwar
mit Forsythia führt sich auch diesmal wieder der Lenz ein, mit
Rosenbändern,
aber Träne auf heißen Stein ist des Wackeren Jammer!
Ach, wodenn träfen sich Zweie im Stillen Anschaun des Monds,
gleich
in Erörterung der kernwaffenfreien Zone?
Woooooo,
liebende Freunde und reflektierende,
drängte hoffnungsvoller nach vorn die Verfeinerung?
Daß des Edlen »Avanti« mächtig aufkläre unter Irdischen,
ihrer Schwalben Geleit, gütlichem Sommer zu –
Oh Ihr Gefährten,
unsichtbare noch, aber im Dunkel schon ausgespart,
aus dem Schlamm des Vaterlandes erhebt euch!
Die Unmuts-Zunge rührt,
froh der Anfechtung und *eines* Zornes voll.
Daß ein künftig Geschlecht euch anständig spreche.
Größe von eurer Größe zu nennen weiß
und Nein von Eurem Nein.

1 BRD; 2 DDR.

BERTOLT BRECHT
Kinderhymne

Anmut sparet nicht noch Mühe
Leidenschaft nicht noch Verstand
Daß ein gutes Deutschland blühe
Wie ein andres gutes Land.

Daß die Völker nicht erbleichen
Wie vor einer Räuberin
Sondern ihre Hände reichen
Uns wie andern Völkern hin.

Und nicht über und nicht unter
Andern Völkern wolln wir sein
Von der See bis zu den Alpen
Von der Oder bis zum Rhein.

Und weil wir dies Land verbessern
Lieben und beschirmen wir's
Und das liebste mag's uns scheinen
So wie andern Völkern ihrs.

2

Walter Bauer
Eine Grenze

Eine Grenze
Zieht sich durch mein altes Land.
Blindheit, die sich für Weisheit ausgab,
Versuchte Geschichte zu machen –
So machten sie immer Geschichte.
Eine Grenze
Zieht sich durch mein Herz.
Heute nacht ist es zerschnitten
Und fällt auseinander.
Heute nacht fühle ich
Die Splitter zerborstenen Glases
In der Kehle.
Heute nacht sehne ich mich zurück
Nach dem Ganzen.

Armin T. Wegner
Ich kehrte heim

Ich kehrte heim, aber das Land, in dem ich gelebt hatte,
 war nicht mehr da.
Geteilt hatte man es in zwei Hälften,
 wie man einen Ochsen schlachtet,
den der Schlächter im Laden aushängt.
Die Leute, die vorbeikommen, können in sein Inneres sehen.
Sie erblicken die Rippen, die seinen Brustkorb
 zusammenhielten,
 in dem sein Herz schlug, in dem sich die Lungen blähten,
 wenn er seinen einsamen
 Ruf in der Heide erschallen ließ.
Die Hauptstadt, seinen Kopf, hat man ihm abgeschlagen,
 getrennt von seinem Leibe liegt er da.
Die milchigen Augen glotzten ins Leere.
Die Zunge streckt er heraus, als verhöhnte er die Leute.

Sie denken nicht daran, daß diese Zunge einmal Gras fraß,
während sie tief und klagend rufen konnte.
Seinen Schrei, den dunklen Ton in der Dämmerung,
 haben sie vergessen.
Sie denken nur daran, daß man den Kopf
 in einen Kochtopf
 legen und schmoren kann...
Sie sinnen darüber nach, was man dem Schlächter dafür
 zahlen muß,
Oder wie weich und wohlschmeckend er ist.
Milz und Leber liegen daneben – ein glutiger Brei.
Um seine Unschuld bangt mich, schaudernd vor der Kürze
 und Roheit des Lebens.
Reue überkommt mich, daß ich zusah, wie man dem Ochsen
 mit der Axt den Schädel zertrümmerte.
Wie es da hing, mein geteiltes Vaterland!

Alles sah ich von dem Gehsteig vor dem Hause an:
die Lenden, die Schenkel, die Klauen, die Gedärme,
das Haupt, die Zunge, das Geschlinge,
den leeren Brustkorb ...
»Und wo ist das Herz, das darin schlug?« fragte ich.
»Das Herz ist nicht mehr da«, antwortete eine Stimme.
»Der Schlächter hat es behalten!«

WALTER HELMUT FRITZ

Bald ohne Namen

Grenzland, nicht erfunden,
das altert von Hof bis Travemünde.

Argwohn, unnachgiebig, erstickend,
zwischen Minenfeld, Wachturm und Drahtverhau.

Geleise, im Gestrüpp, das die Schritte hemmt,
endend und rostend.
Leere, der nichts widerspricht.

Den Wald haben sie niedergebrannt,
weil das Schußfeld unübersichtlich war.

Tarnungen. Komplizin Nacht.
Die Häuser wenden sich ab,
wenn man vorbeigeht.

Land der vergessenen Straßen, der Pendler,
Land, bald ohne Namen.

Carl Guesmer

Den Frieden anzutreffen

Ein Freund aus dem Ausland
fragte mich nach friedlichen
Straßen, wo das Rauschen
der Bäume noch den Verkehr
übertönt.

Wir fuhren an die Zonengrenze,
in die aufgeschlagene Landschaft:
sie ist dort das Buch der Geschichte,
seit Kriegsende nicht mehr um-
geblättert; die Grenze ein Lesezeichen.

An diesem Nachmittag war
der Friede so gültig, als wäre
er eben erst geschlossen;
die Uferweiden zirpten,
ein Junge stimmte ein
mit dem Blättern in einem Buch.

Weit und breit keine Schüsse,
am Abhang Ost und West:
auseinanderstrebende Fluren,
wie Hitler das Haar
gescheitelt trug.

Wolf Biermann

Fünf Fingerübungen über Florian Havemanns Flucht

1

wieder hat es einer gewagt wieder hat es einer geschafft wieder
hat einer sein Leben aufs Spiel gesetzt wieder ist
einer von uns gegangen wieder hat einer die
Mauer durchbrochen wieder hat einer ein
Loch gefunden wieder hat einer dem
Osten den Rücken gekehrt wieder
hat sich einer in die Freiheit
gerettet wieder hat einer
alles stehn und liegen
gelassen wieder hat
einer alle Brücken
hinter sich abge-
brochen wieder
ist einer
hinüber

2

er ist weg er ist abgehaun er ist davongelaufen er ist
ausgebrochen er ist rübergemacht er
ist durchgebrochen er ist re-
publikgeflüchtet er ist
verschwunden er ist
abgezittert er ist
ausgeflippt er
ist hinüber

3

machen wird er im Westen: Erfahrungen Geld sein
Glück Kinder Kaufverträge wird er
machen Geschäfte Reisen Zu-
kunftspläne Unsinn Vor-
schläge Demonstratio-
nen Hochzeiten Dies
nicht Das Partys
Nichts Bankrott
Karriere den
Plan zurück-
zukommen

4
verlassen hat er im Osten: Wolf Biermann Walter Ulbricht Robert Havemann Erich Honecker Anastas
Bootsmann Karl Eduard von Schni Totengräber
Manni Strehlau Erich Mielke Franzi Popow
Thomas Brasch Klaus Gysi Sanda Weigl
Stangel Willi Stoph Bylle Havemann
Jürgen Tscheib Kohlen-Otto die
Dicke Dietrich Pantsch Florian Havemann

5
zum klebrigen Walzer tanzte er
knallharten Rock
ja ja, die Erde ist rund, ja ja
aber nicht auf der platten Erde!

Helga M. Novak
Ballade von der Minenwippe

Ein Grenzdorf und alle Bauern
sitzen tobend vor dem Fernsehen
bloß einer von ihnen schweigt
und steckt sich die Finger ins Ohr
Deutschland verliert gegen Deutschland
das kann nicht gutgehen
die Bauern sind geladen
und nehmen sich den schweigenden Gast vor

raus mit der Sprache
fingen sie an zu brüllen
aber er schwieg weiter
und hat den Verdacht erregt
daß er sich lustig
die Hände reibt im Stillen
wenn einmal und sei es im Spiel
die Gegenpartei siegt

sie redeten von Verrat
und als er einfach nicht mitmachte
rückten sie immer näher
und drohten mit der ›Minenwippe‹
er wußte nicht was das ist
und trank sein Bier und lachte
der Tod zwischen Vater- und Vaterland
hatte ihn schon auf der Schippe

sechs Bauern die haben ihn
vom Stuhl auf den Boden gezerrt
sie griffen seine Hände die Beine
die Rockschöße und munter
(er fand das noch lustig
und hat sich kaum gewehrt)
trugen sie ihn zum Dorf hinaus
sein Kopf hing runter

zwischen den Bauern sein Leib
baumelt wie eine Hängematte
der schaukelt und schleift
und hängt durch
als ihm der Feldweg die Kleider
vom Rücken geschabt hatte
straffte er sich noch einmal
zu einem tränenerstickten Fluch

talwärts bergab fallenlassen
aufklauben und wieder rauf
und singend durch den ersten
flach gemähten Streifen
(dem Mann rissen längst
Haut und Sehnen auf)
sah man die Bauern ihn
zwischen die Grenzzäune schleifen

schon nähern sie sich dem letzten
Metallzaun und ohne Hast
fangen sie an mit dem
was sie die Minenwippe nennen
hin und her und hin und her
schleudern sie ihre müde Last
endlich lernt der halbtote Mann
deutsche Vaterlandsliebe kennen

nachdem sie ihn noch kurz
über einen Maulwurfshügel gezogen
haben sie den fast nackten
und bewußtlosen Mann fest angepackt
und haben ihn mit Schwung
und in hohem Bogen
rübergeschmissen auf das Minenfeld
wie einen leblosen Sack

die Sonne war lange untergegangen
als er zu sich kam
und mit Krauchen und Hüpfen
mit Storchengang und Spitzentanz
seinen freudlosen Rückweg
nach Westen in Angriff nahm
von Osten her blendete ihn
ein Scheinwerfer mit Lichtglanz

er tanzte die ganze Nacht
aber er kam nicht zurück
über Läusekraut Eiternessel
und Teufelsabbiß
ging der Mann in die Luft
und flog in Stücke
wie jene Märchenfigur
die sich mitten entzwei riß

Wolfgang Hädecke
Teltowkanal

Zwischen Weide und Damm
der Fisch, im Ölwasser, Menschenfisch,
silbern die Nackenflosse, das Haar
im öligen Schaum, ein stummer
tauchender grauer Menschenfisch,
dicht bei den Reusen, im Nachtwasser,
keuchend, das Nackensegel gesetzt:

Schüsse. Schüsse. Schüsse:
die Blutperlenschnur im Öl, in der Nacht,
und der Weidentod greift mit dem Lichtarm,
dem Arme des Kraken das silberne Segel,
er wirft den Fisch in die Luft,
in die Nachtluft, den Menschenfisch, grau,
die Bauchflosse leuchtet:

»Und wär's nur um diesen, den einen,
ich sage euch, dieser, der eine,
versinkend im Schaum, er ist es –«

vier Uhr. Vier Uhr.
Und das Öl. Und die Winde. Die Nacht.

Peter Huchel
Ophelia

Später, am Morgen,
gegen die weiße Dämmerung hin,
das Waten von Stiefeln
im seichten Gewässer,
das Stoßen von Stangen,
ein rauhes Kommando,
sie heben die schlammige
Stacheldrahtreuse.

Kein Königreich,
Ophelia,
wo ein Schrei
das Wasser höhlt,
ein Zauber
die Kugel
am Weidenblatt zersplittern läßt.

Dieter Hoffmann

Grenzübergang

Stacheldraht
geht durch die Nabelschnur.

Ausweise werden geprüft.

Eine milchglasfarbene Fensterluke
wird hinauf- und hinabgeschoben.

Vergleich mit der Fahndungsliste.

Das graue Lichtbild, der lila Stempel.

In Dresden
siehst du Caspar David Friedrich.
Den Friedhof. Das Kreuz im Gebirge.

REINER KUNZE
Der Vogel Schmerz

Nun bin ich dreißig jahre alt
und kenne Deutschland nicht:
die grenzaxt fällt in Deutschlands wald.
O land, das auseinanderbricht
im menschen . . .

Und alle brücken treiben pfeilerlos.

Gedicht, steig auf, flieg himmelwärts!
Steig auf, gedicht, und sei
der vogel Schmerz.

Ute Erb

Im Zug von Halle/S. nach Westberlin 1973

Die Liebe meiner Mutter macht mich weinen,
und meines Vaters bittre Worte, als
er siebzig wurde, schnüren mir den Hals.
Ich kam und ging, ich steh auf eignen Beinen.

Vor einer Zeit, die halb mein Leben ist,
hab ich das Land, wo meine Eltern sterben,
verlassen. Meine Kinder erben
eine Welt voll Kampf und Grenzenzwist.

Im Nahen Osten Krieg. In Chile Mord.
In meiner Stadt verbietet mir das Wort
ein Jugendamt. Als Kommunist verschrieen
bin ich hier. Doch bis sie aufrecht stehn,
will meine eignen Kinder ich erziehen.

Mit meinen Eltern wein ich. Ich muß gehn.

Christa Reinig

Vor der Abfahrt

Sie kamen und suchten
unter der Bank, im Gepäcknetz
suchten sie jemand.
Danke, sagten sie zu mir.

Auf dem Dach, zwischen den Rädern
suchten sie jemand.
Unter meiner Mütze
suchten sie nicht.

Starr war die Erde.
Da nahm ich den Schnee.
In meiner Manteltasche
nahm ich den Schnee mit.

Bernd Jentzsch
Briefe schreiben, Briefe lesen

Und schreib, schreibt meine alte Mutter,
Sie ist alt wie Methusalems Esel, steinalt,
Schreib für die Arbeiter, wie sie
Ihr ganzes Leben lang, das kennt ihr alle nicht,
Sie kennt es und wurde krumm davon,
Und in Plauen am Westbahnhof die gefangenen Russen,
Das darf doch nicht wiederkommen,
Wenn sich das rächt, wie sie die zugerichtet haben,
Aus Rache ist sie nun eingesperrt in ihr Haus,
Und bleib gesund, mein Kind, schreib mir,
Schreibt meine alte Mutter, die Geisel,
Was machen deine Nieren, mir tun die Zähne weh,
Die elende neue Prothese, bloß noch Suppen,
Ich lege ein Haar in den Brief, schreibt die Geisel,
Wenn es noch drin ist, dann weißt du,
Ach, die unstillbare Lust, Briefe zu lesen,
Ob ich dich wiedersehen werde, wer weiß,
Ich weiß nicht, immer dieses Geraschel nachts,
Schritte die Wände hinauf, hörst du es auch?

4

WOLF BIERMANN
Moritat auf Biermann seine Oma Meume in Hamburg

Als meine Oma ein Baby war
Vor achtundachtzig Jahrn
Da ist ihre Mutter im Wochenbett
Mit Schwindsucht zum Himmel gefahrn
Als meine Oma ein Baby war
Ihr Vater war Maschinist
Bis gleich darauf die rechte Hand
Ihm abgerissen ist

Das war an einem Montag früh
Da riß die Hand ihm ab
Er war noch froh, daß die Fabrik
Den Wochenlohn ihm gab
Als meine Oma ein Baby war
Mit ihrem Vater allein
Da fing der Vater Saufen an
Und ließ das Baby schrein

Dann ging er in die Küche rein
Und auf den Küchenschrank
Da stellte er ganz oben rauf
Die kleine Küchenbank
Und auf die Bank zwei Koffer noch
Und auf den schiefen Turm
Ganz oben rauf aufs Federbett
Das kleine Unglückswurm

Dann ging er mit dem letzten Geld
In *Meyers Freudenhaus*
Und spülte mit Pfefferminz-Absinth
Sich das Gewissen raus
Und kam zurück im Morgengraun
Besoffen und beschissen
Und stellte fest: »Verflucht, das Wurm
Hat sich nicht totgeschmissen!«

Das Kind lag friedlich da und schlief
Hoch oben auf dem Turm
Da packte er mit seiner Hand
Das kleine Unglückswurm
Nahm es behutsam in den Arm
Und weinte Rotz und Wasser
Und lallte ihm ein Wiegenlied
Vor Glück und Liebe fraß er

Der Oma fast ein Öhrchen ab
Und schwor, nie mehr zu trinken
Und weil er Maschinist gewesen war
Schwor er das mit der Linken
Das ist ein Menschenalter her
Hätt sie sich totgeschmissen
Dann würde ich von alledem
Wahrscheinlich gar nix wissen

Die Alte lebt heut immer noch
Und kommst du mal nach Westen
Besuch sie mal und grüß sie schön
Vom Enkel, ihrem besten
Und wenn sie nach mir fragt und weint
Und auf die Mauer flucht
Dann sage ihr: Bevor sie stirbt
Wird sie noch mal besucht

Und während du von mir erzählst
Schmiert sie dir, erster Klasse
Ein Schmalzbrot, dazu Muckefuck
In einer blauen Tasse
Vielleicht hat sie auch Lust, und sie
Erzählt dir paar Geschichten
Und wenn die schön sind, komm zurück
Die mußt du mir berichten

GÜNTER HERBURGER

Sprung über die Mauer

Es sieht hier wie auf dem Land aus,
sagte der Mann mit dem Bärtchen vom Bau,
Tiergeschichten lesend und jeden Abend
müde einem Bildhauer sitzend,
der den nackten Mann auf dem Sportplatz
aus ihm machen wollte.

Dort möchte ich sein, am Rande der Stadt,
wo das Benzin noch nach schlechtem Benzin riecht
und noch nicht alle Hühner in Aluminiumbaracken
ihre Eier legen, Kühe sich noch
über die Mittelstreifen der Straßen wagen
und die List der Parteilichkeit genau so
in die Hochhäuser hinauf-
wie in die Keller hinabreicht.

Unsere gespaltene Nation soll
um der Gerechtigkeit willen vorerst
verschieden bleiben wie sie ist.
Von goldenen Löffeln träumt man nur,
man ißt nicht von ihnen,
hier beginnt die Moral.
Die Idylle dort, von uns aus gesehen,
scheint auf ihre langsame
und widersprüchliche Weise zerstörerische
Kräfte binden zu können, die wir
bisher nur einzeln kennen:

Produktion und Persönlichkeit,
Leistung und Müdigkeit,
Ziel und Schreber,
Zukunft und Gelächter,
Zufriedenheit und Fernweh,
Muße und bissige Geduld,
Gegenwart und diese, unsere Geschichte,
aus der wir entstanden.

Und dann plötzlich ein über die Toppen beflaggter
Bananendampfer an der Mole von Rostock,
wo ich stehe mit einem giftgrünen Tandem,
dessen zweiter Platz noch leer ist.

Seither habe ich mich entschlossen,
der nackte Mann auf dem Sportplatz zu sein,
der beiderseits der Mauer wohnt.
Die Wirklichkeit soll aus Fülle an Vorbildern
erlebt werden wie sie sich gibt,
da auf den aalglatten Straßen der Industrienationen
die Phantasie trotzdem herrscht,
als Geborgenheit noch gleich einem Wort war
wie Frühjahr oder Herbst,
die Bildhauer noch Köpfe forderten,
aber die Henker schon arbeitslos geworden waren,
die Frauen nicht mehr nur uns,
sondern auch sich selber Bier zuteilten,
Hühner wieder in Wohnungen gehalten wurden,
so viel Platz gab es dort, und das Vieh
wieder Bocksprünge machte wie einst.
In den Fabriken, zwischen Tabellen
und Schweißautomaten, standen Blumentöpfe
und neben den Betten der Wöchnerinnen, wir,
die Hände der Frauen und Kinder haltend,
ohne Angst, ohne Angst.

Wolf Biermann
Ballade vom Traum

1

Der Möbelwagen schwimmt die leere Friedrichstraße lang
Und landet vor dem Haus, ja ja, ich weiß: der will zu mir
Schrein kann ich nicht, die Schritte kommen, und ich kenn
  den Gang
Da klotzen schon die vier knallharten Packer in die Tür
Und schaffen mich im Bett die Treppen runter: immer vier
Mann – vier Ecken! und verfrachten mich im Laderaum
Dann das Klavier, den Kleiderschrank, die Bücher,
  Gummibaum
Die Schreibmaschine, alle acht Gitarren gut verstaut
Dann heult der Diesel auf, die Wagentür wird zugehaun
    – das ist mein Traum, vor dem mir jeden Abend graut

2

Der volle Möbelwagen-Walfisch schwimmt mit mir im Bauch
Das Stück Hannoversche, die Charité wird rechts passiert
Links Invalidenstraße durch den Schlagbaum ...
  Slalomschlauch
Wir schwimmen durch die Grenze, und der Staatsrat salutiert
Spalier steht das Politbüro, die Knarre präsentiert
Schon sind wir durch und drüben, Mensch, wie leicht geht das!
Da winkt auch schon ein Strand: der Kuhdamm
  schillert regennaß.
Der Fisch spuckt mich mitsamt den Möbeln auf den Asphalt,
  halbverdaut
Macht eine Wende, schwimmt zurück – ich such wie wild mein'
  Paß
    – das ist mein Traum, vor dem mir jeden Abend graut

3

Der westberliner Himmel schluchzt und heult sich auf mir aus
Ich krabbel aus dem Müll und renn mit festgewachsnen Schuhn
Zurück woher ich kam und will will will und will nach Haus
Die Mauer flatter ich entlang wie ein besoffnes Huhn
Und reiß ein Loch und beiß mich durch den Stacheldraht,
  und nun

Zerreißen Schüsse meinen Bauch; der deutsche Schäferhund
Verschlingt König Renauds Gedärme, die sind seltsam bunt
Und dampfen; roter Saft fällt komisch aus der tauben Haut
Und Regen regnet in den starren himmeloffnen Mund
    – das ist mein Traum, vor dem mir jeden Abend graut

4
Hohe Huldigung für Eva

Dann wach ich auf, von Schweiß und Tränen klitschenaß
Mein Weib weint trocken mit und streichelt mich
Sie weiß es ja – und doch, sie fragt dann: Was
Was hast du, Lieber, laß den schwarzen Traum, dreh dich
Mal um zu mir! Na, siehst du, du bist schon o.k. – oh je!
Du hast die Nacht zu gut gegessen und zu schwer verdaut
    – und darum träumst du auch den Traum,
    vor dem mir graut

Hermann Kesten
Die deutsche Mauer

»Eine Mauer um uns baue, sang das fromme Mütterlein...«

Ich stand vor der Mauer.
Es ist die Mauer der Brudermörder. Die Mauer des Bürgerkriegs.
Vor mir war ein Grabmal, hinter mir ein Kreuz:
Auf der Flucht erschossen.
Das ist schon ein Brauchtum in Deutschland.
Aber jenen, welche die Deutschen zuvor auf der Flucht erschossen haben,
Setzte keiner ein Denkmal.
Es waren Aufsässige gegen die Tyrannei,
Unruhestifter gegen die legale Regierung,
Freidenker, Pfarrer, Sozialdemokraten, Zigeuner,
Spreu,
Und Juden.
Welcher Deutsche hielt die Ermordung von deutschen Juden für einen Brudermord?
Deutsche Juden waren nur Juden.
Deutsche Kommunisten nur Kommunisten.
Ich ging entlang dieser Mauer. Da waren nicht nur tote Berliner begraben,
Sondern da standen auch tote Häuser,
Hausleichen, die Fenster waren nicht leer, sondern vermauert.
Die Türen waren nicht aufgebrochen, sondern zementiert.
Mit Maschinengewehren standen Soldaten, vor der Mauer, hinter der Mauer, über der Mauer,
Und warteten, bis eine Mutter zum Sohn entfliehen wollte,
Ein Kind zur Mutter,
Die Braut zum Bräutigam;
Sie warteten wie Jäger auf Reiher und Hasen.
Das war das Recht der Zöllner und Grenzwächter.

Auch andere Grenzwächter schießen auf illegale Übergänge.
Also ist man entschuldigt, auch andere morden.
Also mordet man guten Glaubens, im Auftrag.
Hüben und drüben stehn Patrioten vor der Mauer,
Eiserne Mauerblümchen.
Wenn andere Opfer fehlen, wählen Deutsche deutsche Opfer?
Ich stand vor der Mauer, und wandte mich ab.
Aber die Mauer ging mir nach, bis in meine Träume,
  in New York und Smyrna,
In Rom und Nürnberg.
Seitdem träume ich deutsche Träume,
Träume mit Mauern darin, und mit Landsleuten,
  die auf Brüder und Schwestern anlegen.
Die Mauer von Berlin wächst, von Jahr zu Jahr.
Sie verdunkelt die Himmel, Städte und Träume,
Und wächst,
Die deutsche Mauer.

Gertrud von Le Fort
Die Mauer

Da steht noch das alte ruhmreiche Tor,
Doch davor bäumt sich die Mauer empor
Aus wüstem Beton und aus Stacheldraht –
Da winkt keine Pforte, da leitet kein Pfad.
Doch Mauern aus Draht und Beton erdacht,
Die sind für mein Herz nur ein Spuk in der Nacht:
Es braucht keinen einzigen Hammerschlag –
Mein Herz bricht hindurch, so oft es mag!

Da geh ich wie einst die Linden hinab –
Das Kaiserschloß sank lange ins Grab,
Doch die Stadt wahrt ihr eignes lebendiges Sein –
Ich gehe tief in ihr Schicksal hinein,
Ich zieh es ans Herz wie mein eignes Geschick,
Denn ein Volk ist ein strenges unteilbares Glück,
Und jedes Auge, in das ich seh,
Bleibt Bruderauge wie eh und je!

Erst wenn ich zurück bin, da fällt es mich an,
Daß ich weine und nicht mehr aufhören kann.

FRIEDRICH SCHNACK
Melancholie an der Mauer

Beuge dich über die Mauer,
Überblick dein Land,
Kein Stein verspricht Dauer,
In ihm träumt der schreckliche Sand.

Auch wir zwei werden hinschwinden,
Gesellend uns dem Staub –
Vertrau den Regen, den Winden,
Dem Unbeständigen glaub!

Die Berge werden sich legen,
Die Herde, betäubt und verwirrt,
Sie werden sich langsam bewegen
Zur Mühle, die mahlen wird.

Die Mühle, getrieben von Stürmen,
Die hinter den Städten stehn,
Sie lauern auf Wolken und Türmen
Und werden die Mühle drehn.

Sie streuen das Mehl in die Fernen
Und reiben an Steinen sich scharf,
Sie füttern die Toten mit Sternen,
Weil nichts überleben darf.

Noch blitzen die Abschiedsgläser,
Die wir an der Mauer geleert –
Da funkeln von Tränen die Gräser,
Von den Salzen der Zeiten genährt.

Berühre und küsse die Mauer,
Die uns und die Erde umschließt,
Indes acherontisch ein Schauer
Über Fugen und Flechten fließt!

2

Rose Nyland
Volkslied

Durch Deutschland geht eine Mauer
dran wächst kein wilder Wein,
die ist aus Zorn und Trauer,
und ist aus deutschem Stein.

Es gab in tausend Jahren
viel Tod in unsrem Land.
Wir haben viel erfahren,
bis daß die Mauer stand.

Erfahren tiefe Wunden.
An Mauern ohne Zahl,
geschlagen und geschunden,
traf uns der deutsche Stahl.

Und wurden viel belogen
mit Deutschlands Ehr und Sieg,
und waren so betrogen
bis in den deutschen Krieg.

Und hatten viel zu weinen,
die bittren Tränen dann,
sie wurden all zu Steinen,
die keiner tragen kann.

Da kam aus Zorn und Trauer
und gegen Krieg und Pein,
durch Deutschland eine Mauer,
die ist aus deutschem Stein.

Volker Braun
Die Mauer

I

Zwischen den seltsamen Städten, die den gleichen
Namen haben, zwischen vielem Beton
Eisen, Draht, Rauch, den Schüssen
Der Motore: in des seltsamen Lands
Wundermal steht aus all dem
Ein Bau, zwischen den Wundern
Auffallend, im erstaunlichen Land
Ausland. Gewöhnt
An hängende Brücken und Stahltürme
Und was noch an die Grenze geht
Von Material und Maschinen, faßt
Der Blick doch nicht
Das hier.

Zwischen all den Rätseln: das ist
Fast ihre Lösung. Schrecklich
Hält sie, steinerne Grenze
Auf was keine Grenze
Kennt: den Krieg. Und sie hält
Im friedlichen Land, denn es muß stark sein
Nicht arm, die abhaun zu den Wölfen
Die Lämmer. Vor den Kopf
Stößt sie, das gehn soll wohin es will, nicht
In die Massengräber, das
Volk der Denker.

Aber das mich so hält, das halbe
Land, das sich geändert hat mit mir, jetzt
Ist es sichrer, aber
Ändre ichs noch? Von dem Panzer
Gedeckt, freut sichs
Seiner Ruhe, fast ruhig? Schwer
Aus den Gewehren fallen die Schüsse:
Auf die, die es anders besser
Halten könnte. *Die Mauern stehn*
Sprachlos und kalt, im Winde
Klirren die Fahnen.

2

Die hinter den Zeitungen
Anbelln den Beton und, besengt
Von den Sendern, sich aus dem Staub machen
Der Baustellen oder am Stacheldraht
Unter Brüdern geigen und
Unter Kirchen scharrn Tunnel: die
Blinden Hühner finden sich
Vor Kimme und Korn. Unerfindlich
Aber ist ihnen, was diese Städte
Trennt. Weil das nicht
Aus Beton vor der Stirn pappt.
Uns trennt keine Mauer

Das ist Dreck aus Beton, das schaffen
Wir dann weg, mit Schneidbrennern
Reißen wirs klein, mit Brecheisen
Und legens ins Gras: wenn sie nicht mehr
Abhaun mit ihrer Haut zum Markt
Zerhaun wir den Verhau. Wenn machtlos sind
Die noch Grenzen ändern wollen
Zerbrechen wir die Grenze. Der letzte Panzer
Zerdrück sie und sie ihn.
Daß das weg ist.

Jetzt lassen wirs da.

3

Aber
Ich sag: es steht durch die Stadt
Unstattlich, der Baukunst langer Unbau
Streicht das schwarz
Die Brandmauer (scheißt drauf)
Denn es ist nicht
Unsre Schande: zeigt sie.

Macht nicht in einem August
Einen Garten daraus, wälzt den Dreck nicht
Zu Beeten breit, mit Lilien über den Minen
Pflanzt Nesseln, nicht Nelken
Vermehrt nicht, zwischen den seltsamen
Städten, die Rätsel, krachend;
Schmückt das Land nicht
Mit seiner Not. Und
Laßt nicht das Gras wachsen
Über der offenen Schande: es ist
Nicht unsre, zeigt sie.

Wolfgang Weyrauch

An der Mauer

Die Mauer da,
die zweite,
die nicht stünde,
wäre die erste
nicht gemauert worden,
von denen gemauert,
die klagen und drohen:
die Mauer da.

Klagt,
aber droht nicht,
seid inständig,
nicht aussätzig.

Gras
wird darüber wachsen,
übers Gras
werden die Reuigen wandern,
unterm Gras
wird das Gemäuer Salz und Brot sein.

Wolf Biermann

Berlin

Berlin, du deutsche deutsche Frau
Ich bin dein Hochzeitsfreier
Ach, deine Hände sind so rauh
von Kälte und von Feuer.

Ach, deine Hüften sind so schmal
wie deine schmalen Straßen
Ach, deine Küsse sind so schal,
ich kann dich nimmer lassen.

Ich kann nicht weg mehr von dir gehn
Im Westen steht die Mauer
Im Osten meine Freunde stehn,
der Nordwind ist ein rauher.

Berlin, du blonde blonde Frau
Ich bin dein kühler Freier
dein Himmel ist so hunde-blau
darin hängt meine Leier.

LARVENZUSTAND

Volker Braun
Larvenzustand

Ich nehme mir was ich brauche
Sagte der Mann, der mir glich
Und was mir soviel hilft wie ein Wisch
Wie ein Wechsel, wie eine Schweigeminute
Ich nehme es mir von euch
Sagte er und sah mir aus den Augen
Ob ihr etwas übrig habt oder nicht.

(Er hatte gut Reden, und es waren meine Worte.)

Ich bin mir nicht zu gut, denn es geht mir zu schlecht
(Ich verstand ihn genau), ich sage nicht
Daß ich von diesen Leuten nichts nehme!
Woher denn sonst? wenn nicht aus ihren Händen
Ihrem verworrenen Garn, ihrer Tinte
Mit der sie sich foltern, ihren Zungenküssen
Ihren Gebärden, ihren Gebäuden, ihrem Gebräu!

Ich helfe mir, sagte er
Aus meinem trockenen Mund: mit den möglichen
Augenblicken, in denen sie sich berühren
In ihrem medaillenverdächtigen Einsatz
In der gelungnen Umarmung, selten genug!
Ich nehme es wo ich es kriege
In ihrem bescheidenen Sträuben, sich gut zu sein
Ich behelfe mich so und nicht anders

Rief er (und es waren meine Worte:)

Notfalls reiße ich es
Aus ihren Gurgeln, den notorischen
Labyrinthen der Brust (und er griff in meine
Und zerrte mich halb hervor:) und nehme mir, wie gesagt
Was ich nun einmal brauche

Und so wie es ist
Murmelnd und blutend und zuckend
Von seinem letzten besudelten Laken
Oder von seinem ersten
Auf dem es unwissend lächelt wie ein Professor des Rechts:

Notfalls also, und schlimmstenfalls
Breche ich in einen Schädel, der längst leer ist
Von seinem rasenden Gewölk, und stochre in den Kiefern
Und Augenhöhlen nach der falschen Bilanz
Und kitzle aus dem zerbröckelnden Steiß
Seine versessene Lust, seine demokratischen Exzesse
Oder den eben (sagte er mit meinen Worten)
Zerschlagnen winde ich, was sie
Nicht mehr retten kann, aus den zerfetzten Fasern!

Rief er, und wenn ich so weit gesunken bin
Mir meinen Tod zu berechnen
Eine sanfte eindeutige Lösung
Ziehe ich, was ich brauche ihn zu begreifen
Aus jemandes Zukunft, der erst noch geboren wird
Wenn er der üblichen Absaugvorrichtung entgeht
Aus einem gewölbten Bauch, einem Samengemisch
Woraus ein zartfüßiges Wesen wächst
Das uns noch ähnelt, aus Anhänglichkeit
Wie der Falter der Larve:

Du Larve, schrie er, in deinem Larvenstaat
Daher nehme ich es, aus allem und nichts
Das erst etwas werden soll, das höchstens beginnt
Aus dir zum Beispiel, aus deinem grinsenden Grimm
Deinem Entsetzen über den täglichen Einbruch der Nacht
Deinem politischen Schweiß, deinem eingenähten Verhängnis
Ein Mensch zu sein vom Morgen bis übermorgen
Verstehst du? dem geholfen werden muß
Damit er am Leben hängt und nicht am Strick

Der einen Namen braucht, einen Beruf
Und Zucker in seinem Brei, damit er die Welt versteht
Und Girlanden am siebten Oktober oder, warum nicht?
Am siebenten Mai, an dem du geboren bist!

Wer redet von mir, sagte ich
In sein Gesicht im Spiegel, warten wir ab
Warten wir, bis ich in der Erde liege
Wie wir dann miteinander stehen!

Wenn du noch warten kannst, sagte er grob
Kann dir noch geholfen werden: ich kann nicht warten
Und das sind deine Worte, sagte er
Genosse, mit deinen Schüssen im Kopf
Und diesen Pässen im Anzug, die dich ausweisen
In diesem und aus allen anderen Ländern

Und anderen Hoffnungen, die von hinnen fahren
Und Revolutionen, mit denen einem

Mit deinen Worten gesagt, geholfen wäre
Für einige Stunden, für seine Geburt
Für ein Referat oder, wegen mir! seine Ruhe

Daß er herauskommt aus seiner Larve, mit allen heraus
Und ich ihn nehmen kann, wen sonst?
An meine Brust, um mir zu helfen, um mich zu retten!

Sagte der Mann, der mir aus dem Herzen sprach

Und verschwand in meiner Zirbeldrüse
In meinem Überdruß, in meinem Schweigen

In meinem Hilfeschrei

In meiner Larve.

Autorenverzeichnis

Anders, Günther 1925

Heimkehrender Mörder spricht zu seiner Hand 68

Bachmann, Ingeborg 1926–1973

Früher Mittag 91

Bächler, Wolfgang 1925

Die Erde bebt noch 26

Bauer, Walter 1904–1976

Guernica: Undeutliche Erinnerung 74 *Postkarte an junge Menschen* 109 *Eine Grenze* 125

Biermann, Wolf 1936

Soldat Soldat 57 *Die Lebenden und die Toten* 78 *Es senkt das deutsche Dunkel* 112 *Fünf Fingerübungen über Florian Havemanns Flucht* 130 *Moritat auf Biermann seine Oma Meume in Hamburg* 142 *Ballade vom Traum* 146 *Berlin* 157

Bingel, Horst 1933

Fragegedicht 71

Born, Nicolas 1937

Der Verschüttete 20

Braun, Volker 1939

Wir und nicht sie 121 *Die Mauer* 153 *Larvenzustand* 158

Brecht, Bertolt 1898–1956

An meine Landsleute 27 *Rückkehr* 28 *Aufbaulied* 40 *Der anachronistische Zug oder Freiheit und Democracy* 80 *Deutschland 1952* 113 *Kinderhymne* 124

Busta, Christine 1915
1945 15

Czechowski, Heinz 1935
Niobe 16

Delius, F.C. 1943
Nach dem Manöver 56 *Hymne* 117

Eich, Günter 1907–1972
Inventur 23 *Wacht auf, denn eure Träume sind schlecht* 110

Endler, Adolf 1930
Als der Krieg zu End war 11

Enzensberger, Hans Magnus 1929
Sozialpartner in der Rüstungsindustrie 55 *Landessprache* 86 *An alle Fernsprechteilnehmer* 94 *Verteidigung der Wölfe gegen die Lämmer* 104

Erb, Elke 1938
Nachkrieg 24

Erb, Ute 1940
Im Zug von Halle/S. nach Westberlin 1973 139

Fried, Erich 1921
Vom Menschen ausgehende Geschichtsauffassung 96 *Vordruck* 102 *Gründe* 108

Fritz, Walter Helmut 1929
Bald ohne Namen 128

Fuchs, Günter Bruno 1928–1977
Ein neues Gesetz 59

Grass, Günter 1927

Die große Trümmerfrau spricht 36 *Kinderlied* 99

Guesmer, Carl 1929

Den Frieden anzutreffen 129

Guttenbrunner, Michael 1919

Die Bodenständlinge 76

Hamm, Peter 1937

Als ich mich umsah 97

Haufs, Rolf 1935

Mein zehntes Jahr 12

Hädecke, Wolfgang 1929

Teltowkanal 135

Heißenbüttel, Helmut 1921

Katalog der Unbelehrbaren 79 *Politische Grammatik* 103

Herburger, Günter 1932

Sprung über die Mauer 144

Hermlin, Stephan 1915

Ballade von der Dame Hoffnung 43 *Die Vögel und der Test* 51

Hoffmann, Dieter 1934

Grenzübergang 137

Huch, Ricarda 1864–1947

Braunschweig 29

Huchel, Peter 1903

Heimkehr 33 *Ophelia* 136

Jandl, Ernst 1925

vater komm erzähl vom krieg 58 *Bessemerbirnen* 66

Jentzsch, Bernd 1940

Mann zum Jahreswechsel 45/46 17 *Briefe schreiben, Briefe lesen* 141

Kaschnitz, Marie Luise 1901–1974

Rückkehr nach Frankfurt 30 *Hiroshima* 50

Kesten, Hermann 1900

Die deutsche Mauer 148

Krolow, Karl 1915

Die Freiheit 93

Kunert, Günter 1929

Die Gewehrkugel 14 *Über einige Davongekommene* 21
Ich bringe eine Botschaft 52 *Gartenpflege* 70
Neuere Ballade infolge älterer Sage 118

Kunze, Reiner 1933

Der Vogel Schmerz 138

Le Fort, Gertrud von 1876–1971

Die Mauer 150

Lehmann, Wilhelm 1882–1968

Deutsche Zeit 1947 25

Meckel, Christoph 1935

Der Pfau 95 *Was dieses Land betrifft* 98 *Hymne* 115

Mickel, Karl 1935

Deutsche Frau 46 18 *Lamento und Gelächter* 62 *Die Friedensfeier* 64

Müller, Armin 1928

Ich habe den Thunfisch gegessen 46

Müller, Heiner 1929

Das Loch im Strumpf (1948) 35

Novak, Helga M. 1935

einer stand und sang 13 *Lied von der Haussuchung* 100 *Lernjahre sind keine Herrnjahre* 116 *Ballade von der Minenwippe* 132

Nyland, Rose 1929

Mut 1945 34 *Volkslied* 152

Reinig, Christa 1926

Vor der Abfahrt 140

Rühmkorf, Peter 1929

Mit unsern geretteten Hälsen 22 *Anode* 106 *Hymne* 122

Schmitthenner, Hansjörg 1908

Hiroshima Nagasaki 44

Schnack, Friedrich 1888–1977

Melancholie an der Mauer 151

Törne, Volker von 1934

Unter freiem Himmel 42 *Ballade vom braven Mann* 67

Wegner, Armin T. 1886–1978
Ich kehrte heim 126
Weyrauch, Wolfgang 1907
Die Irrtümer 19 *An der Mauer* 156
Wolken, Karl Alfred 1929
Wir lachen wohl – 114

Quellenverzeichnis

Anders, Günther

Welch Wort in die Kälte gerufen. Hrsg. v. Heinz Seydel. Verlag der Nation, Berlin 1968. Mit Genehmigung des Autors

Bachmann, Ingeborg

Die gestundete Zeit. R. Piper & Co. Verlag, München 1957

Bächler, Wolfgang

Ausbrechen. S. Fischer Verlag, Frankfurt/Main 1976

Bauer, Walter

Nachtwachen eines Tellerwäschers. Verlag Kurt Desch, München 1957
Lebenslauf. Verlag Kurt Desch, München 1975
Mit Genehmigung von Henry Beissel, Ontario, und des Bölzle Verlages, Dusslingen

Biermann, Wolf

Nachlaß 1. Verlag Kiepenheuer & Witsch, Köln 1977

Bingel, Horst

Wir suchen Hitler. Scherz Verlag, München, Berlin, Wien 1965
Mit Genehmigung des Suhrkamp Verlages, Frankfurt/Main

Born, Nicolas

Gedichte 1967–1978. Rowohlt Verlag, Reinbek bei Hamburg 1978

Braun, Volker

Der Stoff zum Leben (Larvenzustand). Pfaffenweiler Presse, Pfaffenweiler 1977. Wir und nicht sie. Suhrkamp Verlag, Frankfurt 1970. Gedichte. Suhrkamp Verlag, Frankfurt 1979.

Brecht, Bertolt

Edition Suhrkamp Werkausgabe. Gedichte 1–3. Suhrkamp Verlag, Frankfurt/Main 1973

Busta, Christine
Die Scheune der Vögel. Otto Müller Verlag, Salzburg 1958

Czechowski, Heinz
Niobe
Mit Genehmigung des Autors

Delius, F. C.
Kerbholz. Verlag Klaus Wagenbach, Berlin 1965
Mit Genehmigung des Autors

Eich, Günter
Abgelegene Gehöfte. Georg Kurt Schauer Verlag, Frankfurt/Main 1948
Mit Genehmigung des Suhrkamp Verlages, Frankfurt/Main
Ausgewählte Gedichte. Suhrkamp Verlag, Frankfurt/Main 1960

Endler, Adolf
Als der Krieg zu End war
Mit Genehmigung des Autors

Enzensberger, Hans Magnus
Verteidigung der Wölfe. Suhrkamp Verlag, Frankfurt/Main 1957
Landessprache. Suhrkamp Verlag, Frankfurt/Main 1960

Erb, Elke
Nachkrieg. Mit Genehmigung der Autorin

Erb, Ute
ein schöner land. Wolfgang Fietkau Verlag, Berlin 1976

Fried, Erich
100 *Gedichte ohne Vaterland. Verlag Klaus Wagenbach, Berlin* 1978
und Vietnam und. Verlag Klaus Wagenbach, Berlin 1966

Fritz, Walter Helmut
Die Zuverlässigkeit der Unruhe. Hoffmann und Campe Verlag, Hamburg 1966

Fuchs, Günter Bruno
Blätter eines Hof-Poeten. Carl Hanser Verlag, München 1967

Grass, Günter
Gesammelte Gedichte. Hermann Luchterhand Verlag, Neuwied und Berlin 1971

Guesmer, Carl
Dächerherbst. Gotthold Müller Verlag, München 1970

Guttenbrunner, Michael
Opferholz. Otto Müller Verlag, Salzburg 1954

Hamm, Peter
Die Bibel in deutschen Gedichten. Hrsg. v. Hermann Hakel. Kindler Verlag, München 1968
Mit Genehmigung des Autors

Haufs, Rolf
Die Geschwindigkeit eines einzigen Tages. Rowohlt Taschenbuch Verlag, Reinbek bei Hamburg 1976

Hädecke, Wolfgang
Leuchtspur im Schnee. Carl Hanser Verlag, München 1963

Heißenbüttel, Helmut
Das Textbuch. Hermann Luchterhand Verlag, Neuwied und Berlin 1970. Mit Genehmigung des Autors

Herburger, Günter
Ziele. Rowohlt Taschenbuch Verlag, Reinbek bei Hamburg 1977

Hermlin, Stephan
Gesammelte Gedichte. Carl Hanser Verlag, München 1979

Hoffmann, Dieter
Gedichte aus der Augustäischen DDR. Verlag Günther Neske, Pfullingen 1977

Huch, Ricarda
Gesammelte Werke. Verlag Kiepenheuer & Witsch, Köln und Berlin 1966*ff.*
Mit Genehmigung von Alexander Böhm, Rockenberg

Huchel, Peter
Die Sternenreuse. R. Piper & Co. Verlag, München 1967
Gezählte Tage. Suhrkamp Verlag, Frankfurt/Main 1972

Jandl, Ernst
Laut und Luise. Hermann Luchterhand Verlag, Berlin und Neuwied 1971
Mit Genehmigung des Autors
dingfest. Hermann Luchterhand Verlag, Darmstadt und Neuwied 1973

Jentzsch, Bernd
Quartiermachen. Carl Hanser Verlag, München 1978

Kaschnitz, Marie Luise
Totentanz und Gedichte zur Zeit. Claassen & Goverts, Hamburg 1947
Neue Gedichte. Claassen Verlag, Hamburg 1957

Kesten, Hermann
Deutsche Teilung. Hrsg. v. Kurt Morawietz. Limes Verlag, Wiesbaden 1966
Mit Genehmigung des Autors

Krolow, Karl

Fremde Körper. Suhrkamp Verlag, Frankfurt/Main 1959

Kunert, Günter

Erinnerung an einen Planeten. Carl Hanser Verlag, München 1963
Warnung vor Spiegeln. Carl Hanser Verlag, München 1970
Neuere Ballade infolge älterer Sage
Deutsche Literatur der sechziger Jahre. Hrsg. v. Klaus Wagenbach, Berlin 1968
Mit Genehmigung des Carl Hanser Verlages, München

Kunze, Reiner

Widmungen. Hohwacht-Verlag, Bad Godesberg o.J.

Le Fort, Gertrud von

Gedichte. Franz Ehrenwirth Verlag KG, München 1970

Lehmann, Wilhelm

Meine Gedichtbücher. Suhrkamp Verlag, Frankfurt/Main 1957

Meckel, Christoph

Wildnisse. S. Fischer Verlag, Frankfurt/Main 1962
Mit Genehmigung des Autors
Nebelhörner. Deutsche Verlagsanstalt, Stuttgart 1959
Mit Genehmigung des Autors
Wen es angeht. Verlag Eremiten-Presse, Düsseldorf 1974

Mickel, Karl

Vita nova mea. Rowohlt Verlag, Reinbek bei Hamburg 1967

Müller, Armin

Ich habe den Thunfisch gegessen
Mit Genehmigung des Autors

Müller, Heiner

Das Loch im Strumpf (1948)
Mit Genehmigung des Autors

Novak, Helga M.

Ballade von der reisenden Anna. Hermann Luchterhand Verlag, Neuwied und Berlin 1965
Mit Genehmigung der Autorin
Balladen vom kurzen Prozeß. Rotbuch Verlag, Berlin 1975

Nyland, Rose

Mut 1945, *Volkslied*
Mit Genehmigung der Autorin

Reinig, Christa

Schwalbe von Oleano. Verlag Eremiten-Presse, Stierstadt i.T. 1969

Rühmkorf, Peter

Gesammelte Gedichte. Rowohlt Verlag, Reinbek bei Hamburg 1976
Mit Genehmigung des Autors

Schmitthenner, Hansjörg

Expeditionen. Hrsg. v. Wolfgang Weyrauch. Paul List Verlag, München 1959
Mit Genehmigung des Autors

Schnack, Friedrich

Deutsche Teilung. Hrsg. v. Kurt Morawietz. Limes Verlag, Wiesbaden 1966
Mit Genehmigung von Sebastian Schnack, München

Törne, Volker von
Wolfspelz. Verlag Klaus Wagenbach, Berlin 1968

Wegner, Armin T.
Odyssee der Seele. Peter Hammer Verlag, Wuppertal 1976

Weyrauch, Wolfgang
An die Wand geschrieben. Rowohlt Verlag, Hamburg 1950
Die Spur. Walter-Verlag, Olten und Freiburg i. Br. 1963
Mit Genehmigung des Autors

Wolken, Karl Alfred
Halblaute Einfahrt. Deutsche Verlagsanstalt, Stuttgart 1960
Mit Genehmigung des Autors

Inhaltsverzeichnis

	Und was Neues hingebaut	I
	FEUERSBRÜNSTE 1	
Endler, Adolf	*Als der Krieg zu End war:*	11
Haufs, Rolf	*Mein zehntes Jahr*	12
Novak, Helga M.	*einer stand und sang*	13
Kunert, Günter	*Die Gewehrkugel*	14
Busta, Christine	1945	15
	2	
Czechowski, Heinz	*Niobe*	16
Jentzsch, Bernd	*Mann zum Jahreswechsel* 45/46	17
Mickel, Karl	*Deutsche Frau* 46	18
Weyrauch, Wolfgang	*Die Irrtümer*	19
Born, Nicolas	*Der Verschüttete*	20
	3	
Kunert, Günter	*Über einige Davongekommene*	21
Rühmkorf, Peter	*Mit unsern geretteten Hälsen*	22
Eich, Günter	*Inventur*	23
Erb, Elke	*Nachkrieg*	24
Lehmann, Wilhelm	*Deutsche Zeit* 1947	25
Bächler, Wolfgang	*Die Erde bebt noch*	26
Brecht, Bertolt	*An meine Landsleute*	27

4

Brecht, Bertolt	*Rückkehr*	28
Huch, Ricarda	*Braunschweig*	29
Kaschnitz, Marie Luise	*Rückkehr nach Frankfurt*	30
Huchel, Peter	*Heimkehr*	33

AUFBAULIED

Nyland, Rose	*Mut* 1945	34
Müller, Heiner	*Das Loch im Strumpf* (1948)	35
Grass, Günter	*Die große Trümmerfrau spricht*	36
Brecht, Bertolt	*Aufbaulied*	40
Törne, Volker von	*Unter freiem Himmel*	42
Hermlin, Stephan	*Ballade von der Dame Hoffnung*	43

HIROSHIMA NAGASAKI

Schmitthenner, Hansjörg	*Hiroshima Nagasaki*	44
Müller, Armin	*Ich habe den Thunfisch gegessen*	46
Kaschnitz, Marie Luise	*Hiroshima*	50
Hermlin, Stephan	*Die Vögel und der Test*	51

VORWÄRTSSTRATEGIE 1

Kunert, Günter	*Ich bringe eine Botschaft*	52
Enzensberger, Hans Magnus	*Sozialpartner in der Rüstungsindustrie*	55

2

Delius, F.C.	*Nach dem Manöver*	56
Biermann, Wolf	*Soldat Soldat*	57

Jandl, Ernst — *vater komm erzähl vom krieg* 58
Fuchs, Günter Bruno — *Ein neues Gesetz* 59
Mickel, Karl — *Lamento und Gelächter* 62

3

Mickel, Karl — *Die Friedensfeier* 64
Jandl, Ernst — *Bessemerbirnen* 66

SCHLÄCHTERTUGEND 1

Törne, Volker von — *Ballade vom braven Mann* 67
Anders, Günther — *Heimkehrender Mörder spricht zu seiner Hand* 68
Kunert, Günter — *Gartenpflege* 70
Bingel, Horst — *Fragegedicht* 71
Bauer, Walter — *Guernica: Undeutliche Erinnerung* .. 74
Guttenbrunner, Michael — *Die Bodenständlinge* 76
Biermann, Wolf — *Die Lebenden und die Toten* 78
Heißenbüttel, Helmut — *Katalog der Unbelehrbaren* 79

2

Brecht, Bertolt — *Der anachronistische Zug oder Freiheit und Democracy* 80
Enzensberger, Hans Magnus — *Landessprache* 86

HAUSSUCHUNG 1

Bachmann, Ingeborg — *Früher Mittag* 91
Krolow, Karl — *Die Freiheit* 93
Enzensberger, Hans Magnus — *An alle Fernsprechteilnehmer* 94
Meckel, Christoph — *Der Pfau* 95

Fried, Erich — *Vom Menschen ausgehende Geschichtsauffassung* 96
Hamm, Peter — *Als ich mich umsah* 97
Meckel, Christoph — *Was dieses Land betrifft* 98
Grass, Günter — *Kinderlied* 99
Novak, Helga M. — *Lied von der Haussuchung* 100
Fried, Erich — *Vordruck* 102
Heißenbüttel, Helmut — *Politische Grammatik* 103

2

Enzensberger, Hans Magnus — *Verteidigung der Wölfe gegen die Lämmer* 104
Rühmkorf, Peter — *Anode* 106
Fried, Erich — *Gründe* 108
Bauer, Walter — *Postkarte an junge Menschen* 109
Eich, Günter — *Wacht auf, denn eure Träume sind schlecht* 110

Doppelleben 1

Biermann, Wolf — *Es senkt das deutsche Dunkel* 112
Brecht, Bertolt — *Deutschland 1952* 113
Wolken, Karl Alfred — *Wir lachen wohl* 114
Meckel, Christoph — *Hymne* 115
Novak, Helga M. — *Lernjahre sind keine Herrnjahre* 116
Delius, F.C. — *Hymne* 117
Kunert, Günter — *Neuere Ballade infolge älterer Sage* 118
Braun, Volker — *Wir und nicht sie* 121
Rühmkorf, Peter — *Hymne* 122
Brecht, Bertolt — *Kinderhymne* 124

2

Bauer, Walter	*Eine Grenze*	125
Wegner, Armin T.	*Ich kehrte heim*	126
Fritz, Walter Helmut	*Bald ohne Namen*	128
Guesmer, Carl	*Den Frieden anzutreffen*	129
Biermann, Wolf	*Fünf Fingerübungen über Florian Havemanns Flucht*	130
Novak, Helga M.	*Ballade von der Minenwippe*	132
Hädecke, Wolfgang	*Teltowkanal*	135
Huchel, Peter	*Ophelia*	136
Hoffmann, Dieter	*Grenzübergang*	137

3

Kunze, Reiner	*Der Vogel Schmerz*	138
Erb, Ute	*Im Zug von Halle/S. nach Westberlin 1973*	139
Reinig, Christa	*Vor der Abfahrt*	140
Jentzsch, Bernd	*Briefe schreiben, Briefe lesen*	141

4

Biermann, Wolf	*Moritat auf Biermann seine Oma Meume in Hamburg*	142
Herburger, Günter	*Sprung über die Mauer*	144
Biermann, Wolf	*Ballade vom Traum*	146

Baukunst 1

Kesten, Hermann	*Die deutsche Mauer*	148
Le Fort, Gertrud von	*Die Mauer*	150
Schnack, Friedrich	*Melancholie an der Mauer*	151

2

Nyland, Rose *Volkslied* 152
Braun, Volker *Die Mauer* 153
Weyrauch, Wolfgang *An der Mauer* 156
Biermann, Wolf *Berlin* 157

LARVENZUSTAND

Braun, Volker *Larvenzustand* 158

Autorenverzeichnis 161

Quellenverzeichnis 167

In der von Bernd Jentzsch herausgegebenen dreiteiligen Lyrik-Anthologie zu den Themen Exil – Konzentrationslager – Befreiung sind außer dem vorliegenden Band folgende weitere Ausgaben lieferbar:

Ich sah das Dunkel schon von ferne kommen

Erniedrigung und Vertreibung in poetischen Zeugnissen

Etwa 180 Seiten

Vertreibung, Flucht, Exil sind die Stationen der Heimatlosen, die in diesem Band zu Wort kommen. So persönlich wie in einem Tagebuch berichten die Autoren über ihre Erfahrungen, in einer fremden Welt zu leben, in einer Sprache schreiben zu müssen, die nicht verstanden wurde – ausgestoßen, vereinsamt, entwurzelt.

Der Band gliedert sich in die Kapitel: Kälbermarsch, Herzzerspringen, Flüchtlingsschritte, Emigrantenballade, Zwillingsröte, Zufluchtsstätte, Gnadenbrot, Traumgespinst, Samenkorn.

Der Tod ist ein Meister aus Deutschland

Deportation und Vernichtung in poetischen Zeugnissen

Etwa 180 Seiten

Von der Verhaftung in der Nacht bis zur Asche von Birkenau dokumentiert dieser Band den nationalsozialistischen Terror und die von Hitler befohlene Endlösung. Ein Versuch, das Unvorstellbare vorstellbar zu machen: In Zeugnissen von Opfern, von Überlebenden und Nachgeborenen. Ihre Zeugenschaften sind die Rampe von Auschwitz, das Lagertor von Buchenwald, die Gaskammer von Treblinka, das Warschauer Ghetto.

Der Band gliedert sich in die Kapitel: Rassengesetz, Frachtzettel, Judenstadt, Partisanenwald, Kinderkreuzzug, Todesvogel, Schädelpyramide, Gedenkstein.

verlegt bei Kindler

Korrekturen: Dieter Lang
Umschlaggestaltung: Hans Numberger
Satzarbeiten: VerlagsSatz Kort GmbH, München
Druck- und Bindearbeiten: Mühlberger, Augsburg
Printed in Germany

ISBN 3-463-00761-4

7-1-3-10-9